绿镜头

汪永晨——著

北美洲

文汇出版社

编者·胡泊

《绿镜头》系列图文内容，作者此前都在博客上发布过。此次出版前，编者对其做技术处理之余产生几点感想，借此机会和读者分享。

第一，"绿镜头"以"绿"开头，顾名思义，首先是着眼于环境保护的绿色观念。环境保护正在逐步成为人类共识，中国是世界第二大经济体，至少目前还是世界第一人口大国，中国环保事业是全球环保事业的重要组成部分。包括"绿家园"在内的中国民间环保组织，几十年来坚持不懈、脚踏实地、一点一滴地做力所能及的工作。本书展现的就是这样一批人走出国门后的所思所想，而非"到此一游"、定点打卡的导游手册，不可能面面俱到。这是事先要向读者说明的。

第二，《绿镜头》系列是作者马不停蹄，遍访各国的行记，更是基于环保主义者立场的考察笔记，而且是口语体的、日记体的和生活化的。这应和作者的播音记者身份有关。近年来，中国人眼界大开，对世界的认识也呈现多样化，有些海外游记是很深入、细致的。相对而言，本书没有那样强的指导功能，比如教你怎样游学和旅行。其价值可能在于作者对如何把各大文明和中国国情相结合的思考，而这正是目前最缺乏的。

第三，从某种意义上说，《绿镜头》系列是以图带文的，相当于画册。作者行迹遍及五大洲，拍摄的照片涉及生态、地理、历史和人文的方方面面。限于篇幅，本书只选取其中一部分，不可能像网络媒体那样海量采用。建议读者关注作者的公众号或视频号，那里呈现的是和本书不一样的视角，而且更适合展示影像。

通过环境保护，实现人与自然的和谐，既是一种美好的理想和情怀，更是刻不容缓的现实和每日应有的践行。"他山之石，可以攻玉"，传播中国环保人在海外的感受，让更多人行动起来，把中国的环保做得更好，是出版《绿镜头》这套书的意义所在。衷心希望这一目的能够早日达到。

序 言

读者在看这本书之前有很多话想和您说说。

在阿拉斯加采访，真的没想到1999年去和2013年去冰川竟会有那么大的变化。1999年，我在那儿的时候，满山满谷的蓝色冰川涓涓的滴水形不成什么溪流。2013年同样的季节，我在那时拿着1999年拍的照片，简直不认识了，冰川瘦成了一条脊骨。哗哗的融水，倒是让我这个广播记者录了不少音。

三文鱼是世界性的鱼类，我们中国也有。在阿拉斯加出生的三文鱼游向海洋长大，再回来产卵后就结束了自己短暂的一生。在阿拉斯加能够看到满河里红红的它们挤成一团一片一条河。真是难以想象它们的生存空间竟然如此密密麻麻。它们的一生虽见多识广却那么短暂。

阿拉斯加的雪橇犬和人之间有很多故事。给我们开车的司机做了多年阿拉斯加雪橇大赛的志愿者。他说有一次雪橇犬已经上飞机了，可是大风不能起飞，飞机上谁也舍不得丢掉这些狗，硬是冒着极大的风险，把它们拉回了驻地。雪橇犬和人之间的故事，在那儿我们听到的还有不少呢。

加拿大的卡尔加里翻译过来的意思就是清澈流动的水。在那里看到的水的颜色真的是神话世界一般。不是一两个湖的颜色惊艳，而是那里所有湖的颜色都是想象不到的颜色。

同行的生态学家徐凤翔对那的评价有一句是"衰亡与新生"。以这位生态学家的眼光看，那里大山上长的小树，少说也有300年到400年的成长史。因环境严酷，有些树长得畸形，而这也正反映了自然界的威力与物种本身的生命力。徐先生说，这里的新生是世代更替。云杉的死亡现象明显，衰退现象明显，但生机也正与此相关。我理解，这就是大自然中的新陈代谢吧。

徐先生对加拿大国家公园地貌的另一个评价是"敬畏与保护"。她说，我们来这里，不是一般的旅游，也不是科学考察。我们是生态观察，是带有崇敬的心情，在认知后争取保护的可能。

在卡尔加里，我深深地感受着大自然给予我们的太多了，我们的敬畏也会影响周围人对自然的热爱。感受这个过程，我们自身也是很幸福的。而这种幸福是只有在大自然中才能感受的。

在卡尔加里冰原大道高速路上，有一些特别修建的桥。桥的下边走车，上面则是野生动物安全的通道。在加拿大，动物过马路还有它们专门的通道呢。

自从关注中国的怒江以后，我对河流的颜色有着特别的关注。佩托湖在卡尔加里班夫国家公园里，湖形独特，是海星状的湖头与群山、天际缠绵在一起。冰川融化而成的绿松石色的湖水，让人难以用准确的色彩定位。因为它的中段色深，头尾逐渐色淡至乳白。这是冰川融水。

卡尔加里另一个绿中透蓝、蓝中泛绿的湖叫翡翠湖，在幽鹤国家公园里。幽鹤是"Yoho"的音译加意译。这个词来自印第安克里语，意为"惊异"，也有说是"敬畏""惊叹"之意。"幽鹤"这两个字不但字形美、寓意美，应该说也更能体现出翡翠湖"惊艳"的内涵。幽鹤公园，是巧妙地利用大溪谷、冰河、湖泊等自然景观开设的公园。湖面平极了，有青山白云的倒影。这里是世界上有名的拍倒影的地方。卡尔加里这些雪山融水形成的湖泊，如果不去那里，是无论如何也想象不到它的颜色之美，动人至深。

加拿大爱德华王子岛上曾经住着一位女士，名字叫蒙格玛利。她在30岁时创作的《绿山墙的安妮》出版后很快成为畅销书，一年中重印6次。千百万崇拜者的信如雪片般飞到爱德华王子岛她的家中，蒙格玛利由此而受世人瞩目。在马克·吐温鼓励下，她又创作另外七部关于安妮的小说，构成"安妮系列小说"。至今《绿山墙的安妮》被译成100多种语言出版，是一本世界公认的文学经典。遗憾的是，这部作品在中国并没有引起太多关注。

我们是在灰蒙蒙的天色中踏访岛上的绿山墙小屋的。屋里的摆设还是书中描写的那样，小小的房子里回味最多的就是当年人们生活着的"味道"：爱情小路、魔鬼森林……

在那时我突然心里有了这么一个念头，能做熏鱼、腊肉的四个火眼的大铁炉要是点起，炉火是不是还能很旺？要是能坐下来边吃边回味，那会是什么一种情景呢？

更让她的女性读者感兴趣的是，《绿山墙的安妮》从主人公安妮的成长经历中可以窥知作者超越所处时代的生态女性主义意识。作者认为，世界是一个多元化的共同体；人是自然的一个部分，与万物构成密不可分的生命之网，人应当平等地对待其他生物；人与人应该相互关爱、相互帮助。只有这样，人类才能摆脱面临的各种危机，获得幸福的人生，并建设成一个人与自然和谐共处的理想社会，一种"可以调节人与自然关系的自由社会"。

我从2004年开始出版《绿镜头》系列。《绿山墙的安妮》一书的主题可以说也正是我拍摄撰写《绿镜头》的用意。

在加拿大，当地土著米克马克人对他们的母亲河圣约翰河这样形容：一条要啥有啥的好河。住在河边上的人，对河流有如此深刻的理解，真是大自然教会我们的东西。当然也需要我们认真领会，对住在河边的人来说，也有着漫长的路要走。

圣约翰河有倒流河的一景，那是海水与河水的汇合点。因为方迪海湾潮汐落差非常大，所以涨潮时海水平面高过河水，海水倒灌流进河里，退潮时海平面又低于河水，河水就顺流到海里。这种海水、河水因涨落潮而定期改变流向的现象，的确是非常有意思的。也让这里成了世界河流第七大奇观——倒流河。当地朋友小吕告诉我们，这样的海水与河水相互"对抗""热吻"的场面，最远可达 7 公里之外，可想其壮观。我们在那时，小吕讲了一个凄美的故事：19 世纪，有一位少女在这里殉情。她跳下去的时候，因为海水的比重大于淡水，河水和海水两水相交时会有片刻空间，姑娘又穿着 19 世纪的大裙子，因此没有沉下去。一位年轻人奋勇地跳下去把她救了起来。第二年两人结婚了。

大自然中的美与悲伤常常是在一起发生的。只不过有的时候是悲伤让美褪去了姿色，有的时候美战胜了悲伤，这才有世界上那么多的小说、画卷、音乐的素材。

我去过三次墨西哥，还想再去。一般人可能都难以想象墨西哥城是全世界博物馆最多的城市。其后第二名是纽约，第三是伦敦，第四是多伦多。

墨西哥城的文化底蕴让人赞叹。此前也听到一些有关那里治安不好的警告，而我初次在那短短的几小时中感受到的却是当地人的热情。我们还只是四处张望了一下，就有人过来问要去哪儿。在机场换钱，货币兑换点外面的牌价是 100 美元换 1226 比索。进入兑换点，却发现只给了我们 1205 比索。问为什么，营业员指着屋里墙上的牌价点，意思是已经变了。于是我们把她拉到外面，当她看到外面并没有改过来时，立即采取行动：先是把 1226 改成 1205，然后回到屋里又补给我们 21 比索。营业员的这一举动，让我们一进墨西哥的国门就感到舒服。

一所大学能被联合国教科文组织评为世界遗产，一所大学的体育场既是奥运会开幕式场地，也是足球世界杯赛场，这样的大学，不知道全世界能数出几个？墨西哥国立自治大学算一个。

2010 年 6 月 8 日傍晚，走进墨西哥国立自治大学后，一下子就把我吸引住的是图书馆墙上的巨幅画卷。这样的巨幅作品不是一面墙，而是四面墙，也不是只有图书馆楼的墙上有，在主楼和校园很多地方都有。傍晚时分，夕阳的粉红还未褪尽。华灯初上，校园草坪上，一对对伴侣在读书、交谈。我在这所大学拍到的教学楼，是后来我在很多大学讲课时，让学生们看和感受的。让他们也长长见识。

我们去的墨西哥城夏波尔特佩克公园里的人类学博物馆，被认为是世界上最著名的博物馆之一，清晰地为我们展示人类的真正起源和发展全貌。不管你喜欢不喜欢走进博物馆，这里都值得一去。

在墨西哥和美国的边境有这样一景，让人看了触目惊心，就是偷渡者的墓碑和偷渡者挖的地道。但是在那儿接待我们的朋友却是从美国工作后又回到了墨西哥家乡的。她为什么有这样的选择，书中有她的故事。

在加勒比海我登上了两个荷属的小岛国。一个岛国的岛民希望继续由荷兰统治、管理。一个却想独立，要自由要民权。这些采访很有意思，也让人思考。

前一个库拉索岛，随便和岛上人聊聊天得知，这里一般人工资是 2000 或 3000 美元一个月。律师、大夫能到两万美元，差距还是挺大的。

因为有到一个地方就盖一个邮戳的习惯，我问库拉索岛上的一个女摊主，岛上有没有邮局？在哪儿？她说有，但那天是个什么日子不开门。我们都走好远了，她又追来告诉哪有卖邮票的。

天黑了，回到邮轮之前我又找到她想再聊一会儿。她正好在收拾东西准备回家。我问她这个岛现在还是荷属，你们愿意独立，还是愿意归荷兰？女摊主大声说：当然愿意归荷兰。现在哭了，荷兰给钱；要是不归荷兰了，哭了找谁要钱去？她的实际和坦然，让我有些没想到。

印第安人是另一个阿鲁巴岛最早的居民，其历史可以回溯到公元 1000 年前后。1499 年西班牙占领该岛，1636 年因战败将这里交给荷兰王国。此后，阿鲁巴由荷兰人统治约两百年。1805 年因拿破仑战争影响，荷兰逐渐失去对阿鲁巴岛的控制。这里由英国接管，1816 年时交还荷兰。这个岛虽然不大，经历还挺丰富。

在岛上，和为我们开车的先生聊了几句。他说，荷属阿鲁巴岛上，80% 的人希望独立。理由是现在要看荷兰人的脸色行事，荷兰不让他们做的就不能做。

这和昨天库拉索岛那位女摊主是完全不同的看法。在阿鲁巴岛上这位先生看来，自己决定自己的命运更重要，而不是伸手向有钱的人要什么。

两种不同的观念，是由于什么得出的呢？当然，只有和这些人接触得多，才有可能思考得更全面。

"绿镜头"在北美洲真的是可拍、可说、可想的太多了。有的时候也会想，上帝把那么好的一块地方给了他们。不过再想想加拿大当地土著米克马克人对他们的母亲河圣约翰河的形容：一条要啥有啥的好河。如果不是住在河边的人，对家乡的河流有如此深刻的理解，今天的那里会有这么美的自然、这么富足的生活吗？真希望看过这本书后，您对人与自然的关系会有新的思考。

目录

CONTENTS

阿拉斯加冰川行——直面气候变化

在这里，任何一天，甚至整个季节，天气都是难以预料的。2002年3月17日，在这里，24小时之内降下72.6厘米的暴雪，打破当地24小时降雪纪录。这里就是美国阿拉斯加最大的城市安克雷奇。

美国阿拉斯加，我来过两次。1999年第一次踏上这片神奇的土地，下了飞机却找不到接我的人。那时去美国要从日本转机，凌晨4点钟起飞时朋友告诉我晚上10点钟到达——因为他觉得那么远，一定是晚上10点。可是，从东京到安克雷奇只用6个小时，所以我是上午10点到的。而且，犯了这个错误的不只这位朋友，还有接我的美国人。他也没有想到，那么快我就从亚洲到了美洲。

幸好机场问讯处的女士很热情，帮忙给接我的人打了电话。虽然是语音留言，但我没等多久，就被来接机的美国朋友带着进入四周都是雪山、冰川的安克雷奇市区。当时安克雷奇机场是一个比小木屋大不了多少的小房子。举目张望市区，总有冰川在眼前浮现。满大街都是乌鸦，连路灯上都站满了。

第一次来阿拉斯加是1999年7月，第二次是2013年9月。或许真是受气候变化影响，印象里安克雷奇四周的冰川后来没有了。1999年在飞机上望去，安克雷奇是一个个的小湖面。在太阳光反射下，白色的冰雪和闪闪的水面把靠近北极的这片土地映照得更加神秘。2013年再看安克雷奇，湖面减少了，多为泥地和水面。显然，眼前的阿拉斯加变了，我要好好领略一下。

阿拉斯加的海

今天的安克雷奇机场，和14年前相比，用得上我们中国人爱说的一句话：鸟枪换炮。不过和中国这些年修的机场相比，还是不算宽敞。毕竟在北极边上，人类不能

安克雷奇机场大厅地面图案

那么肆无忌惮，动物在这片土地上还有大量的活动空间。

如今从北京飞到阿拉斯加，加上在西雅图换机，也是要十几个小时的行程。可是在从机场到宾馆的大巴上，接我们的朋友晓玲问大家：你们想不想稍微转转安克雷奇，再回旅馆？大家几乎异口同声：要！我想这一定是阿拉斯加迎来远方的客人时双方共同的

心愿。客人急着探奇，主人急着"显摆"。

阿拉斯加是一片神奇的广袤土地。人们知道，当年美国人花平均每英亩土地两美分从俄国人手里买下阿拉斯加。阿拉斯加靠近北极圈，有半年全是黑天，半年全是白天；在阿拉斯加，能走进冰川，用手抚摸冰川；在阿拉斯加，能看到北极光、北极熊；在阿拉斯加，有大片大片的石油储藏可供开采……

1999年7月到阿拉斯加那次，我从阿拉斯加的诺姆海边乘直升机，登上"北极曙光号"考察船从北冰洋进北极圈。那是我生平第一次坐直升机。今天一到阿拉斯加，接我们的晓玲就说，在安克雷奇，家里有直升机的人不在少数。我们问：直升机主要是什么交通用途？晓玲说她家会坐直升机去钓鱼，另外她先生当了25年狗拉雪橇比赛的志愿者。美

直升机在阿拉斯加是重要出行工具

极地风光（1999年7月摄）

白昼日落（1999 年摄）

秋天的果实

国人真会生活！大家听后纷纷感慨道。

　　1999 年 7 月我第一次到安克雷奇那次，因为离第二天上船还有时间，就拿着一张地图，穿过商业街到了海边小路。那天可能因为是周末，小路上有不少戴着头盔、身穿运动服的人，飞快地骑着自行车。有成双成对的，有一家三四口的，更有一帮年轻人一块的。这是美国人的一种锻炼方式。现在的中国用这种方式锻炼的，或者说像这样的锻炼大军，也开始多起来。当然，这种用于锻炼的车是赛车，比一般车贵很多。

　　那个时候，自行车在中国是交通工具，美国人则用来锻炼身体。在海边小路上骑车，要是我可能会慢慢地骑，欣赏海边的风景。可这儿的人似乎对风景并不在意，只是飞快地骑着。虽然那天的天气不太好，海边另一

侧蜿蜒铺就的雪山却依然像多情的少女，展示妩媚的姿色。

　　安克雷奇是大城市，住着不少过着现代化生活的人。但这里又是特殊的地方，白昼还好说，到了冬天整天都是黑的了。据说，夏天大家工作时间都在十几个小时以上。到了冬天，每天工作的时间就短了，下午 3 点钟就下班。好几个月见不到太阳，那日子怎么过？我问当地人丹。他说自己在美国很多地方生活过，后来选择了阿拉斯加。丹喜欢这儿，有热闹的夏天，也有安静的冬天，人需要不同的环境。

　　我在飞机上还问坐在旁边的一位阿拉斯加人，为什么会选择生活在那里？听到的回答是，那里更自然。记得那次因为聊得高兴，我给了他我的名片，还说：你要是到中国，

我带你逛北京。猜他怎么说？他说：不会去的，我就待在家里，就在家里。

　　7月的安克雷奇，夜里也是亮的。我躺在床上，有生以来第一次在亮亮的夜色中睡觉。一觉醒来，看看表是6点。又躺了会儿，估计可能是7点了，怕睡过了赶快起来。什么都收拾完了，再看表才发现错了，时间才2点多。难怪！刚才我怎么觉得7点比6点天还黑。原来是阿拉斯加的夏天2点钟比1点钟黑了些罢了。再躺下后，怎么也睡不着了。心想，一定是老天爷让我这个喜欢大自然的人好好看看什么是白昼。从2点到3点，天空似乎稍微又黑了一点，但3点过后，天开始越来越亮。多么神奇的一夜。2点钟天才有点黑的意思。所谓的黑，也只是阴天的样子。3点钟，曙光就又普照大地了。

安克雷奇的日落，晚霞在天空中持续了很久，很久

明天，我们会乘旅游火车去迪纳利国家公园。1999年从北极回来后，我去过阿拉斯加的"出口"和"苏沃"冰川，乘的就是这趟车。沿途的冰川和野花，还有不时出现的麋鹿，至今还记忆犹新。这次我还能看到什么呢？

感受阿拉斯加自然的河流

在冰湖与冰川之间穿行

2013年9月5日，绿家园生态游一行人从安克雷奇乘火车去迪纳利国家公园。昨天说过，这趟火车我1999年就坐过。相隔14年旧地重游，有了更多的对自然的领悟，心情是不一样的。如果说那时更多的是好奇，此行更多的则是欣赏。

这个季节阿拉斯加是很冷的。不过这趟火车很舒服，也很暖和，还管一顿很不错的午饭。于是我们这群充满好奇与欣赏心理的

阿拉斯加的湿地

乘客在火车尾部的露天车厢拍一会儿照，再回到自己车厢里暖和暖和，然后再出去拍。

安克雷奇火车站附近街景

远处的雪山

旅游火车

阿拉斯加小镇

阴天的光亮在水里

水中森林

冻原上的植物

贫瘠的荒原，这可能也是其能把阿拉斯加的原汁原味保留到今天的原因。

安克雷奇最早被人关注是在 1914 年都市计划中，原先是作为 1914 年至 1923 年间建造的阿拉斯加铁路站点，此后其迅速成为一个"帐篷城"（指住帐篷的无家可归者聚居地）。1920 年 11 月 23 日，小镇安克雷奇被整合成一个都市。20 世纪 20 年代，阿拉斯加铁路四周已为商业中心。伴随空中交通在 30 年代至 50 年代发展，安克雷奇因此大幅度地成长，重要性也与日俱增。

晓玲告诉我们，阿拉斯加铁路 1903 年由两个人开创的私人公司铺设，直到 1938 年归了国家才开始赚钱。如今，阿拉斯加有名的东西之一就包括以蓝黄为标记色的阿拉斯加铁路线。这条从安克雷奇发车，直插内陆重

火车奔驰在安克雷奇如画的大地上。据我了解，19 世纪俄国人在这一带定居，阿拉斯加成为沙俄领土。1867 年由美国国务卿西华德拍板，政府用 720 万美元买下阿拉斯加，合每英亩地两分钱。当时还有许多政客因此嘲讽他。1888 年，金矿在这里的坦纳根海湾被发现。不过安克雷奇方圆十里内都是矿物

一对

天虽冷，树却长得格外茂盛

寂静的小河

列车员给乘客送上的生日贺卡

镇菲班的铁路纵贯阿拉斯加荒原，给观光者带来便利。

那天开车不久就开始下雨，车速虽然并不很快，但在车尾露天的车厢里拍极北雪山，森林和湖水，水中的天鹅……冷得让手拿不住相机，浑身寒战，可我们还是不肯放下。

火车穿行在一片片的黑松林和湖泊湿地中。不管多冷，久居都市的人也忍不住要看看黑松，听说那可是阿拉斯加的特有风景。对此有人这样形容：这里的黑松树根无法深入地下的永久性冻土层，冬天狂风暴雪后松林就会醉汉般变得东倒西歪，成了有名的景观"醉林"。

这是一条旅游观光路线，一年也只在有限的时间里才开通。列车员从我们一上车就说：如果你需要在途中某个地方下车野营，可以提前和车长打招呼；回程可以事先约定，也可以招手即停。火车司机不需要赶时间，观光火车的乘客对列车误点也不敏感，很少会有人抱怨。不知是不是只有在这样独特的环境中，才有这样宽松的心境。

火车行进中看到的阿拉斯加森林太让人羡慕了。我在网上找到一段有关阿拉斯加的森林的描写：在阿拉斯加东南部沿海的大小岛屿上，气候湿润，大地经常在云雾和水

森林小站

一米，主材干长度在十米以上，其市场价格高得惊人。在 20 世纪八九十年代，北美和欧洲的消费者负担不起这些高价木材，大批成材被日本人买走。日本人在 20 世纪 80 年代大量投资美国，不仅购置了很多商业房产，如纽约著名的帝国大厦等，还大手笔地收购原木。

拉着乘务员以火车为背景拍一张

气的笼罩之中。这里生长着大片森林。早在 1907 年，这一带就建立了汤加斯国家林业区。林业区不但监管森林，还参与制定林木采伐的法律法规。

　　现在，汤加斯国家林业区的面积有 1680 万亩，整个阿拉斯加的东南部地区都在它的覆盖之下。林区内盛产高大挺拔的锡特卡云杉、西部铁杉和各种雪松。这些都是直径大、树干长的宝贵自然资源。一些铁杉的材径近

森林与湿地在阿拉斯加

森林与河流在阿拉斯加

根据美国法律法规，在国家林业区内开采林木，受到开采时间、开采区域和开采数量限制以及其他种种制约。举例来说，只可采伐大树，不准砍小树。但是这样就不便在林区修路。中国的很多林区是采取"剃光头"的采伐方式——大树小树全砍光。因为小树虽然没有商业价值，但不砍小树就不便修路，砍了大树也运不出来。由于砍大不砍小的规定实在不利于林区操作，美国人后来在阿拉斯加部分林区也采取剃光头的做法，一座座山坡上的林木被砍个精光。

不过，美国林业法规要求采伐公司在砍光林木之后必须整理林地，种上树苗并负责未来 50 年森林养护。这一招太厉害了，使林木再生有了保证，但是林木价格也增加了。好在美国政府对印第安部落网开一面，在印第安部落的林地采伐，清规戒律要少许多。这样保证原住民能有较为丰厚的收入。

阿拉斯加州代表植物是勿忘我，这是一种浅蓝色小花，能适应这里各种不同的气候。还有阿拉斯加云杉。云杉雄伟高大，在该州东南部和中部都可以找到这种常青树。

大自然的搭配

林中小溪

叫不上名字的花

阿拉斯加的历史，是人类发现并适应这个丰富多样化的地理环境的历程。最早的阿拉斯加人生活在约 15000 年前的冰河期，那时地球表面大多被冰雪覆盖。今天沉没在太平洋底的大片陆地，当时是屹立于海平面以上的，其中一块就连接着美洲的阿拉斯加和亚洲的西伯利亚。

人类学家相信，阿拉斯加原住民是从西伯利亚到北美的游牧猎人。首批登陆阿拉斯加的有三批人，分别是因纽特人（旧称爱斯基摩人）、阿留申人和印第安人。因纽特人在北部和西部，是北极土著居民中分布地域最广的。因纽特人属于东亚民族，与印第安人不同之处在于具有更多亚洲人特征，例如用火、驯犬及某些特殊仪式与医疗方法等。阿留申人住在南部的阿留申群岛。特林吉特印第安人（Tligits）定居地阿拉斯加东南部森林茂密、鱼群丰富、食物充沛，这个部族以图腾柱、庆典服饰与精致地毯著称。他们是凶悍的战士，当首批俄国人带着枪炮想进驻锡特卡（Sitka）时，被他们奋勇赶走。俄国人是最早来此的欧洲人，为获得毛皮捕捉海獭，并经持续战争最终占领这里。阿萨巴斯卡印第安人（Athabascan）生活在阿拉斯加中部，环境相对艰苦，忍饥挨饿是经常的事。

阿拉斯加大拐弯

家在林中

这个部族是天生的狩猎好手，经常长距离追捕驯鹿和大型鹿，钓捕鲑鱼，与其他部族交易毛皮等。

我们要去的迪纳利国家公园，得名来自迪纳利峰。迪纳利是印第安语，意为太阳之家。后来迪纳利峰改名麦金利山。这座海拔 6144 米的大山在大多数时候藏身云雾之中，顶峰

大自然的又一搭配

更是难得一见。我们赶上的是雨天，好不容易天晴了，出彩虹了，可拍到的照片中，山还是在云里。麦金利山绝对海拔 6193 米，自然不如坐落在青藏高原的珠穆朗玛峰。但如果说起目光可及的绝对落差，麦金利山从山脚至山顶约 5500 米，而珠峰南坡海拔 5364 米，距顶峰落差 3484 米。如果这样算的话，麦金

阿拉斯加的云

利山比珠峰要高出近 1600 米，山体也因此宏大许多！明天我们会到离它更近的地方去领略其丰采，还会看到阿拉斯加的野生动物。

阿拉斯加的天色

在大自然中与麋鹿不期而遇

2013 年 9 月 6 日，我们直奔向往已久的迪纳利国家公园。喜欢大自然的人，在那里可要大饱眼福。还没进公园大门，这只麋鹿就和我们不期而遇。我能把它静静地拍下来，因为它不怕人。

迪纳利国家公园环抱麦金利山，依傍阿拉斯加山脉，好似一幅卓然天成的旷野画卷。不同于落基山脉和内华达山脉，这里的山脉没有森林覆盖。因为纬度偏北地区的林木线位于 609.6 至 914.4 米，而不是南部地区的 3353.8 到 3657.6 米，这就意味着迪纳利国

家公园大部分地方没有树木。但是这里地形开阔，零星的、小片的树及灌木和草原一望无垠，加上刚刚染上的秋红，可用得上这个词——摄人心魄。

它突然闯进我们视线里

在找什么

泥河

北极边缘有树

有人这样比较，迪纳利国家公园是阿拉斯加最著名的公园。有人说，游览一次，您就会明白其中的原因。与科伯克河谷和北极之门等其他阿拉斯加公园相比，它显得更繁华。作为世界上最大的国家公园之一，迪纳利国家公园沿阿拉斯加山脉绵延160多公里，面积几乎相当于整个马萨诸塞州。

迪纳利国家公园是阿拉斯加州第一个国家公园（建立于1917年）。1980年按照《阿拉斯加国家利益土地法》规定，该州建立另外七个国家公园。这八个国家公园以及相关

养育冰河的是冰川

的保护区面积总计 1680.75 万公顷，超过美国所有其他国家公园面积之和。

麦金利山位于迪纳利国家公园中心，山顶终年白雪皑皑，高大挺拔，气势磅礴，仿佛是远古诸神树立的丰碑。此山北坡雄壮威严，从海拔 609.6 米的亚北极高原拔地而起，山顶与山脚落差达 5486.4 米，居世界之冠。这里是美国地貌奇观，只需看一眼就能让人终生难忘。

迪纳利国家公园由两个不同地带构成：原始的山脉高地和苔原覆盖的低地。连接两者的，是从麦金利和其他山脉的山顶流下的冰河。几个世纪以来，通往群山的主要通道一直是马尔德劳冰河。它是由哈珀、布鲁克斯和塔雷卡冰河汇集而成的大冰河。每条冰河都源自山顶上的圆形山谷，也就是冰川开出的岩石凹地。

麦金利山积雪终年不化

冰河

自然秃

苔藓

荒原的丰富

在荒原怀抱中

两头熊

远处的羊

山的脸

　　不知是不是今天我们一开始看到野生动物太容易了，后面可就没有那么多运气。虽然同车的人大呼小叫的看到了岩羊，又看到了灰熊，可是都太远了。把镜头拉得再近，也还只是一个小点。

　　来之前看到的所有的介绍中，都说这里

的野生动物随处可见，迪纳利也因此被称为"亚北极的塞伦盖蒂国家公园"。可是写这段时，我只能想象别人描绘中的情景：有害羞腼腆的狼、凶恶的小狼獾、笨拙的驼鹿、矫捷的狐狸，还有数不清的鸟类和小型哺乳动物，例如栖息在山坡上的小鼠兔。

大灰熊是这片野生土地上无可争议的统治者。它们随心所欲地在公园内游荡，主要以树根、浆果和其他植物为食。经过漫长的冬眠或遇到其他情况饥肠辘辘时，也会追逐北极地鼠、受伤的驯鹿或驼鹿幼崽。

大灰熊、驼鹿、驯鹿、野大白羊、狼、狐狸、金鹰、潜鸟、狼獾、旱獭、鼠兔、小

三三两两

熊的一家子

惊扰

听生态专家徐凤翔谈冰原植物

型哺乳动物以及其他鸟，都是这里的原住民。它们自由自在地生活在大自然的怀抱中。正是这样的景象，使得迪纳利国家公园成为当今世界上独一无二的野生动物保护区。

时羊的数量减少好多，生态也有着明显的变化。于是他开始组织专业团队来这里研究，努力把这里的生态保护好。1917年，国会通过设立国家公园的议案，这对保护野生动物起到关键性的作用。

回收快餐盒

复原早年小木屋

标本馆里的北极狼

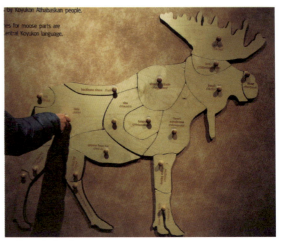

"解剖"教学

迪纳利这片土地是被猎人和淘金者发现并破坏的。1906年，美国生态学家舍敦来这里打大头羊。让他没有想到的是，隔年再来今天，在这片无际的冰原中，很多地方是禁止游人进去的。公园设了几个可以露营的宿营地，以便既有序又尽情地与动物、与冰原近距离接触。迪纳利国家公园里的垃圾桶都是上了锁的，以防动物去翻着吃。公园管理者认为，动物不应该吃人类的垃圾。

在这里，与我们同行的徐凤翔不顾八十有二的高龄，一直都处在极度兴奋的状态。她说，没想到冰原生态这么丰富，层次这么多样，色彩这么鲜艳……徐先生说，自己一直向往着阿拉斯加，没想到直到现在才成行。从飞机上往下看，就发现这里的奇特——白令海峡像是地球被撕开了一条缝。这里植物的混交，因离水远近而成分不同。这位生态学家再次表白自己以前短视，不知道这里生态如此之丰富。

徐先生告诉我们：在这片神奇的土地上有水线，森林的生死历史，随水的消落而写就。沼泽地里，那些看似枯了的云杉侧翻着，一派凄美；林线，表现特征是稀树。几米高的小树也不能等闲视之，因它们也都身经百年。因海拔分布的不同，层次分明；又因树种的不同，颜色各异：黄透了的"蛋黄"、紫到暗红到夺目的大红，绿得嫩，绿得老，绿与黄、红共同铺就着大地的天然地毯；树线，如果细细看冰原上孤零零的树，有的像是盆景，有的像是花盆，有的像是长了瘤子，有的则盘根错节。徐先生说：这些植物个体力量或许并不强大，但在冰原中由冰河浇灌出的群体却有着难以抗拒的生命力，昭示着它们的旺盛和力量。

天荒荒，地茫茫，老太太在这里神游不已。

水树相依

冰原灌木

冰原在山与树间

地毯铺就的冰原

如果说 1999 年第一次到这里让我认识了童话般的冰川，这次让我感叹的则是冰原。动物那么自由自在，植物颜色红得那么灿烂；还有天、云、树、花，混交在一起，默默展示着自己的辉煌。

阿拉斯加有一年一次的雪橇比赛。为我们开车的约根先生开着自己的直升机，当了25 年雪橇比赛的志愿者。明天我们要听听他讲的故事。

冰屋和雪橇犬赛

2013 年 9 月 7 日晨，在阿拉斯加的迪纳利国家公园，我一睁开眼睛，窗外就是这样的景色。

早餐在这里吃

今天，我们将坐车从迪纳利回安克雷奇。一路沿着三号公路边的雷纳河行驶，会再次经过麦金利峰，还要与冰河乃塔纳和塔纳那海相遇。当地少数民族住的冰屋，也在我们将要走过的路上，好期待。阿拉斯加给我们的新奇感是随时随地的。

照片里这片湿地，是我们在路上看到大叫停车后拍下来的。今天的天儿阴阴的，可即使这样，拍出的照片还是该黄的黄，该红

路边小景

雨后林中

的红，该白的白；有秋色，有晨露，有天鹅。要不是赶路，这样的景致，就是坐上一天也不够。

我们再次经过麦金利峰。这里拥有变幻莫测的高山气候、典型的北极植被以及野生动植物。大部分地区终年积雪，山间经常浓雾不断。雾气在皑皑白雪中缭绕弥漫时，几百米之外的景物便不可见。麦金利峰是世界

登山爱好者汇集之地。每年5月到7月有数百人登山，只有一半不到的人登顶成功。一次登山约花3个星期。

由于山体靠近北极圈，周围景象酷似北极。层层冰盖掩住山体，无数冰河纵横其中，有时风速可达每小时160公里。在这里，冬季最冷时气温低于-50℃。探险者需要忍受极低的气温、大风和长时间的冰雪徒步，已有一百余人死在山里皑皑的白雪之上。

山雾

过渡

第一次有关这座巨峰的记载是在1794年。英国航海家乔治·克安克瓦沿着阿拉斯加海岸线航行时，在北方的水平线上发现了一座"伟大的雪山"。阿拉斯加本地人称之为迪纳利，意思是雄伟、高大，太阳之家。于是，世人就按这个称呼将其命名为迪纳利山。1896年，阿拉斯加探险队给了它新的名字。探险队的威廉姆·迪克认定这是北美大陆最高峰，他以将要当选为美国总统的威廉姆·麦金利的名字命名这里。因为当时他在荒无人烟的山里听到的第一个消息，就是麦金利被选为新任总统。

我们中国的登山运动员李致新和王勇峰直到在美国阿拉斯加小镇科地亚的机场候机厅里，才第一次从照片上看到麦金利峰。这时离出发攀登该峰只有一个小时了。当然，他们最后登顶成功了。

这里的原住民是因纽特人，以前的称呼是爱斯基摩人——这种说法来自其敌人，印第安阿尔衮琴部落的语言，意思是"吃生肉的人"。而"因纽特"是其自称，意思是"人类"。因此这些年，大家都使用前者而非后者。

因纽特人多居住在北极圈内格陵兰岛、美国阿拉斯加和加拿大北冰洋沿岸，至少有4000多年历史。勤劳勇敢的因纽特人就地取材，建造奇特的圆顶"冰雪屋"以抵御凛冽刺骨的暴风雪，度过漫漫寒冬。冰雪屋内通常点着海豹油灯，供照明和取暖，有的还点燃海豹油篝火。刚开始时，油灯或篝火的热量能够将雪砖表面融化一些，但仅一小薄层而已，随即就慢慢冻结成一层光滑结实的冰壳，此后就再也不能融化冰壳及冰壳外的雪砖了。不少北极探险家称，即使屋外气温低到-50℃，屋内的人也可以不穿毛衣。

因纽特人"盖"房（网图）

我在网上查到：热传递的方式有对流、传导和辐射，冰雪屋的保温防寒作用可以从这三种方式来解释。由于冰雪屋尽可能把热传递的这三条途径阻挡住，所以尽管屋外冰天雪地，寒风凛冽，而屋内却温暖舒适。为了抵御冬季的强暴风雪袭击，建造的房屋要牢固结实，具有一定的强度。因此冰雪屋的最独特之处是它的圆顶，小孩在屋顶又蹦又跳都没事，根本不需任何支撑结构。

因纽特小姑娘（网图）

功勋雪橇犬纪念雕塑

了的，不能因为它们影响参赛狗的情绪和战斗力。约根说，每年的比赛都会有 40 名像他这样的志愿者。这些要被运走的狗会被集中在沿途的检查站。

阿拉斯加雪橇犬比赛是一年一度的雪橇犬盛会。参赛队构成有橇夫 1 名，狗 16 条，赛程超过 1000 英里，时长 8 至 15 天。比赛冠军将获得高达 5 万美元的奖金。据说该赛事起源于 1925 年冬天。当时阿拉斯加流行一种急性传染病，而救命的药却运不过来。多亏了雪橇犬以接力的方式跑了 1125 公里，把药运到当地，挽救了许多生命。

雪橇赛博物馆

能在这片神奇的土地上生存的，除了因纽特人，还有阿拉斯加雪橇犬。从迪纳利回安克雷奇，为我们开车的司机约根做了 25 年雪橇犬大赛的志愿者。具体就是用自己的直升机运送狗。这些狗是跑不动的或不想再跑

阿拉斯加雪橇犬对人类非常友好。一只在正常环境下成长的雪橇犬极易亲近人，富有好奇心和探索精神。和其他雪橇犬一样，阿拉斯加雪橇犬一般被认为是不攻击人类的犬种。

阿拉斯加雪橇犬幼犬
（网图）

马拉谬特部族的人和狗（1915年）（网图）

俯拍雪橇犬大赛（网图）

雪橇大赛历届第一名选手照片

博物馆一角

我们让约根讲讲志愿者生活中印象最深的两个故事。他讲的一个是，一次，一狗在被抬上飞机时，突然挣脱跑了。飞机开始还试图追它，但是那头狗可能也不知发生了什么事情，只是没命地跑。前面就是海，它跳了进去。浪很快就把狗淹没了。当这个消息传到狗的主人那里时，主人大哭不止。

还有一次历险过程。当时天气不好，飞机很难起飞，停在河边，上面有 21 只要被送回去的冻坏了、累坏了、受了伤的雪橇犬。试飞几次，都没有成功。但是飞机上的狗一只也不能放弃。雪慢慢地下，已经埋到了飞机的门。雪很软，门也打不开了。在大雪中，飞机试着绕了一圈，靠螺旋桨把雪吹跑，终于找到跑道，起飞成功。

第一个故事，让约根至今还在想着那头惊慌失措的狗跳进了大海是为什么。第二个故事，则让他现在想起来还后怕。

为了让没有参加过雪橇犬赛的人感受一下坐雪橇的滋味，我们途经瓦西拉参观艾迪塔罗德博物馆时，坐了一下阿拉斯加狗拉雪橇。坐在上面在山林里跑时的感觉虽然不是风驰电掣，但那份神气活现，在我写这段时还想入非非呢。

约根和他的私人飞机

感受狗拉雪橇

雪橇犬

果子

美国地理学会创始人亨利·甘尼特说过一句话："如果你还太年轻，请远离阿拉斯加，太早领略至美的风景，令余生都变得乏味。"

这就是阿拉斯加，去一次不够，去两次上瘾。那里的大美，那里的神秘，那里的丰富，不论是那里的雪山、那里的冰屋还是那里的雪橇犬……

本来今天我和生态学家徐凤翔要坐直升机登上冰原，因为天气不好，飞机不能起飞，看北极光成了泡影。遗憾之时我突然想，这是不是可解释为阿拉斯加的迪纳利希望我们再来呀？这里也喜欢我们，一定是。

明天要去的冰川，是1999年我一个人在那里过夜的地方。那次，想等着拍北极边上冰川的日出日落，没想到天渐渐黑了后，偌大的冰川就剩下我一个人，而且路边的牌子上还写着：这里是棕熊和狼出没的地方。那个晚上，我真的很害怕。如今那里还是14年前的样子吗？

风吹醒了大海 雨下睡了冰川

1999年我第一次到阿拉斯加的苏厄德小镇看冰川，通过打听找到当地邮局，盖上当

苏厄德海边

地邮戳。这次是我们的司机约根带着去的邮局，还是 14 年前那个。听说我盖了这么遥远地方的一个小邮局的邮戳，同行的绿家园生态游团友也排开队，等着在自己买的当地明信片上盖戳。邮局那位看上去有 60 多岁的男士看到我们的这一兴趣，也笑呵呵地边盖边打听着中国的情况。

2013 年 9 月 9 日，盖完邮戳，我们直奔码头。让我很惊奇的是，今天的码头和 14 年前也差不多，甚至连卖票的房子都是记忆中的那个样子。今天让我们有点担心的是雨还在下着。风不一定大，可浪要是大，我们的船就进不到那片巨型的冰原。

1999 年 7 月，我来苏厄德时阳光明媚。当时的感觉就是这里风景如画，位于高耸的山峦和闪耀无穷魅力的复兴湾之间。古色古香的城镇，让无论是喜欢自然还是喜欢文化或是都喜欢的人，都会被这里深深地吸引着。

小镇苏厄德建于 1903 年，当时定居者在这里修建北行铁路线。1923 年阿拉斯加铁路竣工，这个终年不冻的港口成为基奈半岛最重要的航运基地。该市还是长约 1200 英里的伊迪塔罗德国家公路南端终点，那条路很久以来都是经由内陆来此的人们或丛林狗拉雪橇行进的主要道路。

雪橇赛雕塑

苏厄德镇位于阿拉斯加铁路和苏厄德高速公路终点处，是邮轮的起航港和离船港。从安克雷奇前往这里的交通十分便利。这里也是酷爱漂流、远足、垂钓、观赏鲸鱼和冰川人的胜地。苏厄德小镇还是基奈峡湾国家公园的入口处。基奈峡湾建于 1980 年，占地 58.7 万英亩，因壮观的哈定冰原而享誉全球，

游玩的海獭

无数的入海冰川沿海岸峡湾倾泻而下。这里景观秀美，野生海洋生物种类繁多。许多游客会选择沿苏厄德南岸进行邮轮一日游，观看冰川崩解入海的壮丽景象，观赏海豹、海狮和鲸鱼的倩影。

我们上船后，雨虽然不大，但完全没有

海边小景

林中鸟

停的意思。能不能看到大冰川，就成了一船人的期待。

很快就看到在海里"狗刨"的海獭。天是阴的，水依然是湛蓝湛蓝的。岸边的树也是郁郁葱葱的。加上浅黄色的苔藓，让我们眼前的色彩依然丰富多彩。

基奈国家公园还以其怪石嶙峋且狭长的峡湾闻名于世，与挪威和瑞典的海岸非常相似。这些又深又冷的峡湾中生活着种类丰富的海洋哺乳动物，其中包括海獭、海狮、斑海豹、太平洋海豚、鼠海豚、逆戟鲸、座头鲸和灰鲸。在水面上方的峭壁上可以看到大量的海鸟群，其中最知名的是角嘴海雀。

风越来越大，雨越来越大，浪越来越大。这些都直接影响着前行的航向。船上的人们，个个都以焦急的心情在盼雨小风停。船上的大喇叭，却还在讲着基奈峡湾是怎样形成的，讲着我们很可能去不了的哈丁冰原。

哈丁冰原占地 1813 平方公里，是阿拉斯加中南部基奈峡湾的山脉，上面覆盖着厚约1600 米的冰冠。这片荒凉的土地，还没有从10000 到 12000 年以前覆盖了阿拉斯加大部分地区的大更新世冰层中恢复过来。哈丁冰原是一个冰雪海洋，每年会从该冰原上伸出30 多条冰川，像巨大的触手一样流下山峰。

大冰川群（1999 年摄）

这个闪亮的大冰场上，各处覆盖着巨大的雪丘，随着变幻不定的风向不断移动。

1999 年我在这里，第一次看到这些冰柱子的倒塌。作为广播记者，我用手中的话筒记录下这些雷鸣般的声音，用相机拍下排山倒海般的冰山。

今天，大雨下的冰川处于"休眠"状态，无缘相见。船上的大喇叭里说，前面航道浪越来越高，只能返航。

不能到达冰原，我就再静下心来，用心看船边的绝壁和雨中的朋友。2011 年我在秘鲁亚马孙雨林就有过一次类似的感慨。那次就是一门心思地要看亚马孙豚，可是同船两位美国人一点不像我那样看到了就兴奋，看

海湾里的瀑布

飞起来了

不到就着急。当我学着他们那样放平心境后，突然发现，除了亚马孙豚，亚马孙这条大河及大河两岸还有那么多可看的。当你心里老起急时，就忽略了很多也值得好好看看的大自然及人文景观。

　　在美国旅游是挺讲理的。为什么这么说呢？这次我们没有去成冰原，轮船公司按约定退了一些钱。有了时间，我们就去参观苏

寄生

群游

脸

厄德海洋水生保护中心。走进去，看着这些离开了大自然、供人们参观的海洋生物，也算是近距离接触了一下它们。

　　这些海洋生物我们都叫不上名字。但看着它们，心里想说的一句话是：大海简直是应有尽有。不知是鱼还是什么，那张脸要是在水里，走在我们身边弄不好真会吓一大跳。还有颜色，那么奇奇怪怪。我们平时认为的鸭子，怎么在阿拉斯加的冰海里就像上了色儿似的。

"千手"

阿拉斯加鲑鱼和学院冰川

彩色

还会再来

9 月，苏厄德的雨一直没有停。今天想看冰川的愿望没有实现，明天我们回安克雷奇的路上还有一次机会，也是坐船。这次，雨还会下睡了海湾的冰川吗？说来这句话是我写这篇文章前受一个两岁孩子的启发。这个叫姜一诺的小姑娘在一位阿姨让她吹一下海螺，然后把海螺放到耳朵边时突然说：风吹醒了大海。风能吹醒大海，雨就也能下睡了海湾的冰川，于是我写出这篇文章的标题。感谢她给我的启示。

2013 年 9 月 10 日一大早，我们离开苏厄德小镇。因为路上有一个古老的、单边放车的隧道，只有赶过去才能弥补昨天没有看到冰川的遗憾，今天乘船去看学院冰川。昨天因为没看到冰原，轮船公司给每人退了一些钱。我们再加点，今天还有希望与冰川近距离接触。

几天接触下来，陪游的阿拉斯加华人晓玲知道我们的"欲望"是无穷尽的。今天的路上有一个阿拉斯加鲑鱼养殖场，她也想要抢出时间让我们去看看。从安克雷奇到苏厄德的路上，在一条小溪里看到一群群的鲑鱼。没有人不惊讶那么大、那么多的鱼，在河里能游得那么自由自在。

苏厄德公路两旁的景色是一年四季、一天各时都可用得上耐人寻味的美来形容的。

阿拉斯加的鲑鱼（三文鱼）在淡水的小溪中出生，孵化后游向大海。在海中生活四年，再溯河而上，历经千难万险，回到出生地。鲑鱼们交配产卵后，由于消耗完所有的体力，都倒毙在繁殖地的河床上。

鲑鱼性成熟后，繁殖的本能告诉它们，一定要回到出生地的溪流，去完成它们繁衍后代的大任。大群的鲑鱼游向河流入海口。

走出苏厄德

但河口处的近海地区，由于水浅而大大压缩了鲑鱼的活动空间，另外也没有任何隐蔽物供它们藏身。当鲨鱼侵袭时，大量无处躲藏的鲑鱼四处逃窜，最后仍免不了成为鲨鱼的口中美食。然而鲑鱼有数量优势，部分成员的牺牲解救了它们的同伴。

雨季来临，河流出海口的水位上升。鲑鱼开始向淡水冲刺，同时也摆脱了鲨鱼的追击。鲑鱼登陆战并不轻松，饥肠辘辘的棕熊早已在河口等候，它们之前饿得都只能靠蛤

阿拉斯加的小溪

经验丰富的老熊占据了最有利位置（网图）　咬住（网图）

阿拉斯加棕熊（网图）　　　别跑（网图）　　　　轮回（网图）

蛳与青草果腹。河口的水流极浅，刚好没到鲑鱼背部，棕熊的粗壮利爪此时成了鱼叉，不断有可怜的受害者葬身熊掌之下。羸弱的鲑鱼为了生存，利用自己那强韧的尾部，在庞然大物的四足间从容转弯，疾速游离。靠着油滑玲珑的身躯，保住自己的性命。

　　我在网上看到发表于 2009 年的一篇文章，写的是阿拉斯加棕熊与鲑鱼的故事。就挑些照片放在这里吧。

　　9 月 10 日，我们在鲑鱼养殖场还得知，由于捕鱼过于轻松，有大量的棕熊在瀑布前会餐。丰盛的鲑鱼大餐，使得棕熊们只吃鱼脑与鱼子，那是鱼身上营养价值最高的部位，剩下的鱼尸由高傲的白头海雕处理——鲜美的鱼肉让它们放下了尊严，无意中担当清道

秋天的阿拉斯加

夫的角色。

逃过一劫的鱼儿们还不能松口气，跳龙门似的举动使它们精疲力竭，连游动的力气都丧失了，守候在一旁的白头海雕，不费吹灰之力就能轻松地捕获它们。这就像一个快跑完全程的马拉松选手，被突然出现在赛道上的流氓轻易踢翻那样，如此的不公，如此的无奈。一些鲑鱼就这样丢了性命，再也不能跑完全程。

不过，数量优势再次帮了大忙，仍有众多的幸存者回到了故乡的小溪，但此时它们模样大变，银色的身躯变得通红，尾部与头部涂上了一层深绿，高高隆起的背部与突出的吻部使它们判若两鱼。但这些其实是婚姻色，表明它们已经做好了繁殖的准备。雄鱼们开始为争夺心爱的新娘而争斗，小溪拥挤不堪，雄鱼们又激烈地互相冲撞，这使它们的新娘也变得烦躁不安，整个溪流现在成了一锅沸腾的开水。经过激烈的格斗，鲑鱼们终于可以双宿双栖了，在河床的沙石上，它们诞下后代。完成生殖大任后，鲑鱼的生命也走到了尽头，太累了，太辛苦了，该休息一下了，让它们永远地休息吧。

河床上满布成年鲑鱼的尸体，化为营养物质，水生动植物得以发展壮大。来年小鲑

介绍鲑鱼卵的展板

介绍鲑鱼幼态的展板

鱼就有丰盛的饵料可以享用，长大后会再次向大海游去。"繁殖"是鲑鱼奋斗一生的终极目标，唯一的抉择；也是它们快乐的源泉，催使它们向前的不竭动力，鲑鱼因"繁殖"而生生不息，阿拉斯加大地上的动物与植物因鲑鱼而生生不息，所以在这块寒冷贫瘠的土地上，"繁衍后代"才是生命的原动力。

我在阿拉斯加鲑鱼养殖场问专家，鲑鱼的数量这么多，为什么还要人工养殖呢？得到的回答是平衡鱼种，为的是市场的需要。大自然有着自己的规律和均衡。人类生存与

发展也有着自己的需要。看着养殖场里的鱼苗，想想小溪里在自然中那么艰辛地度过自己一生的一条条鲑鱼，觉得这可能也是我们生态游要寻找的答案，人究竟如何敬畏自然，善待自然，与自然和谐相处。

阿拉斯加的鲑鱼有狗鲑、阿拉斯加粉鲑、阿拉斯加银鲑、阿拉斯加王鲑、阿拉斯加红鲑。在养殖场的介绍中这些鲑鱼的口味是非常不同的，价钱也各异。我说了半天鲑鱼，其实它们就是我们常说的三文鱼，全世界我们人类对三文鱼的需求量那么大，可有多少人知道它们的一生又是怎么度过的呀！

如果像我们这样，有专家，有热爱自然的一伙子人，一起走进自然，认识自然，和自然交朋友的生态游再多点，加入的人也再多一点，是不是对我们的环境有积极的意义呢？

小溪激流

码头小景

鲑鱼：从大海到小溪

以学院命名的冰川

虽然天阴，虽然见到的冰川没有我1999年见到的那么蓝中发着光，但终于在阿拉斯加看到了大冰川。而且很有意思，我们看到的是学院冰川。为什么叫学院冰川呢？专家有这样的描述：College Fjord——学院冰河严格的翻译是"学院峡湾"。Fjord即峡湾，是个地质专用名词，是指一种特殊的自然现象，是由冰川活动在山谷里蚀刻出的狭长的水道，两侧有陡坡峭壁。

1899年铁路大王爱德华·哈里曼（Edward Harriman）组织的一次对阿拉斯加大规模探险中发现了这片有26处淡水冰川的奇景。它是一个包含了五条潮汐冰川、五条大型山谷冰川和十几条小型冰川的峡湾。这些冰川大多以东海岸的著名大学和学院命名。峡湾西侧的冰川多以19世纪著名女子学院命名，如卫斯理、史密斯等。东侧则以常春藤名校命名，如哈佛、耶鲁等。中间最大的冰川叫"哈佛冰川"，有一英里半宽，中心高度350英尺。由于冰川表面有很多岩石残留物，"哈佛冰川"的外表不是很可爱，显得有些脏。但中心区仍然是湛蓝的颜色。

在学院峡湾入口处向左边看去，排列着这几条冰川，由近及远依次是卫斯理、史密斯。其中卫斯理冰川大部分被黑色的死冰所覆盖，已经不能抵达海面。学院湾尽端则是由好几条大型冰川汇集而成的庞大的哈佛冰川。

走近冰川

可惜因为天太阴，我们只拍到三条冰川。

曼荷莲和巴纳德冰川，这是两条山谷冰川（曼荷莲学院位于马萨诸塞州南哈德利，是女子文科艺术学院；巴纳德学院位于纽约曼哈顿，是私立女子文科艺术学院）。还有两个被一个小山半岛隔开的冰川，左边的是哈佛冰川，右边的是耶鲁冰川。哈佛宏大，耶鲁娇小。耶鲁冰川是一条退缩中的冰川，现长32公里。从1937年到2000年的63年间，它退缩了近6公里。其中大部分是1957年之后加速退缩的。现在耶鲁冰川入海处宽度已不及1937年的一半。

卫斯理冰川是一条潮汐冰川。但是我们可以看出，它右侧的组成部分及左侧的一部分，已经变成了黑色的死冰。这是冰川退化的明显症状。

说来有点不好意思，绿家园生态游成员一个个都深爱大自然，我一直为全球气候变化着急。冰川融化是我们不愿意看到的。可在这些大冰瀑前，它们倒塌时的巨响、在海里溅起来的蓝白辉映的浪花，又成了镜头要追逐的影像。这是虚伪，还是什么？心里在纠结，手中也没停。

冰川流

2011年卫斯理冰川（网图）

冰瀑

2013年卫斯理冰川

融化的造型

冰川退缩离我们太远了。现在关于全球气候变化的影响，小岛国抗议的声音最大。像我们这些能看到气候变化的人，真应该把冰川融化的画面放大，让更多的人看到。这真的不仅仅是为了镜头前的画面。

2013 年的哈佛冰川

躺在冰上

为了拍这些冰川，那天我们宁愿淋着忽大忽小的雨，也舍不得回到船舱里暖和暖和，避避雨。对记录冰川的美及其面临的危机，我是多么希望多一点，再多一点呀。上一次看到它们，距今已有 14 年之久。下一次还不知什么时候。我们还能不能看到它们？

1999 年拍于北极圈内：海豹开会

1999 年拍于北极圈内：独享宝座

这次天不好，没有拍到那么难忘的画面。不过那次可是在北极圈里转了两个星期，这次才一天。没有像昨天那样连靠都靠不近，已经算是拍到我们想看到的冰川了。人啊人，要知足呀！可是对于记者来说，不知足是天性，也是职业病呀！

船上的小推车里放着从冰川取来的冰供大家品尝

峡湾的特点是除了有不断流动的冰河（冰瀑布）外，还因其特殊的自然条件，两岸丛林中生活着大量的走兽和飞禽。船上的广播里不时传出什么地方发现了海豹，什么地方

冰水瀑布

出现了鲸鱼的通知。

峡湾宽不过几百米，船上不少老外拿着望远镜在瞭望着什么，据说很多人见到了麋鹿和棕熊。1999年我从苏厄德去冰原时，同船有一个观鸟组织的人。当时他们看鸟的过瘾，成了回北京我和自然之友一起发动民间观鸟的重要缘由。

北极海鸥

野生动物保护中心见闻

2013年9月10日，从学院冰川出来后，傍晚时分到了安克雷奇边上的阿拉斯加野生动物保护中心。这是一个占地200英亩的野生动物收容所。被遗弃和受伤的野生动物在这里得到精心的照料后，仍然会被放归大自然。另外，中心还致力于野生动物人工繁殖和引进。这里应该说是一个非盈利机构，同

时又对游人开放，是一个不同于一般意义上的动物园。

野生动物保护中心门口

去野生动物保护中心之前，我在中新网上看到 2010 年 10 月有这样一条消息：美国当局日前宣布展开新的研究，要扩大位于北极地区的国家野生动物保护区，可是该研究还没正式展开就引发争议。据新加坡《联合早报》报道，石油业者及其政治盟友将此举视为封锁该区的前奏，旨在阻止他们开采这广阔沿海平原下的石油。

这片北极保护区占地 780 万公顷，位于阿拉斯加州东北部，是美国第二大野生动物保护区。美国鱼类与野生动物服务局本周宣布，将全面检讨该保护区的土地管理计划，而扩大这保护区的计划是这全面检讨的一部分。该局表示，这检讨目前只是处于初步阶段，

正式草案预料明年才会出炉。一名发言人说："我们还没有提议把任何地方划为保护区，我们还没有做好这方面的准备。"

愤怒的石油业者却认为，当局要进行研究，无非是要让这偏远的苔原最终被列为野生动物保护区，以确保此区永不被能源公司开发。阿拉斯加州州长帕内尔说："阿拉斯加绝对不会不作任何反抗就让联邦政府封锁更多的土地。"目前，北极保护区有超过一半的地区被列为荒野保护区，受争议的是还没有被列为野生动物保护区的，占地 60.7 万公顷的沿海平原。支持能源公司开发者指出，那里的石油蕴藏可能多达 110 亿桶或以上。反对者则坚持指出，这个狭窄的沿海平原应该受到保护，因为它是北极保护区的中心，是驯鹿群繁殖地。

阿拉斯加野生动物联盟主任绍根说："北极保护区是美国仅剩的荒野地区之一。有些地方就是这么特别，牺牲它们来开发石油和天然气太可惜了。"阿拉斯加州女参议员穆科夫斯基则说，鱼类与野生动物服务局的研究，"显然是当局的政治举动，并明显违反了阿拉斯加不会再有任何地区被指定为保护区的承诺"。她还表示："这简直是在浪费时间和纳税人的钱，也会浪费属于所有美国

人的石油和天然气资源。"

不过，无论是要将这片沿海平原列为荒野保护区，或是将该区开放给能源公司进行石油钻探，都不是一朝一夕的事，两者都必须由国会通过才行。可能这会成为一场旷日持久的拉锯战。

瞧什么呢

打起来了

这两张在野生动物保护中心给棕熊拍的照片，像不像扩大阿拉斯加保护区一事反映的人与自然的关系：在等待，在观望，在挑战？

记得有一次我去美国，当地朋友正在很焦急地盼望一个投票结果，是关于阿拉斯加保护与开发的。后来我知道，石油公司的势力太大了……再后来，我问美国前总统肯尼迪的侄子小肯尼迪，美国最大的环境问题是什么？他说：公司控制政府。

盯住

在阿拉斯加野生动物保护中心，看着这些熊、鸟、驯鹿漫步在它们熟悉的生活空间里时，我想起1999年在北极采访时科学家告诉我的伯格曼法则。对方说，如果要在地球上寻找一个最理想的场所来验证一下伯格曼法则的真伪，那就是北极。因为北极的气候条件和生物种群为这一法则提供了最好的证据。按理说南极也可以，但是南极的生物实在太少。北极的动物真不少：北极熊、北极海象、海豹、北极鲸、北极鸟，还有北极驯鹿、北极狐。那么北极的动物有什么共性呢？

要想知道北极动物的共性，我想先说说什么是伯格曼法则。生物学家伯格曼认为，对于同一种温血动物来说，越冷的地方这种动物的个头越大，而且越接近于圆形。作为一个有趣的推论，另一位生物学家艾伦还指出，越冷的地方，这种动物的附肢和附器也就越短，因为这有利于保存热量。

中国极地科学家位梦华先生说，在北极验证伯格曼法则的证据可以说比比皆是。比如就有这样一些有趣的例子。西伯利亚的北极旅鼠平均长度为10至11厘米，而再往南一点，分散在北极边缘地区的旅鼠身长就只有8厘米。兔子也一样，北极兔子身长9厘米，而在苏格兰同一种兔子身长却只有7厘米。另外，北极狐比沙漠地区的狐狸大，北极狼比生活在温暖地区的狼也要大且肥得多。

要是按艾伦法则，越冷，动物的附肢越短，在北极的例子就更多了。比如，北极燕鸥虽然在形态上和广泛分布在温带地区的普通燕鸥非常相似，但是，它们的腿部却要短得多，这是在野外把这两种燕鸥区分开来的最明显的标志。

北极兔虽然身子比它们南方的同类大，但它的耳朵和四肢就短多了。最明显的也许是麝香牛，它们的躯体都很魁梧，耳朵却很小，四肢也出奇的短，几乎没有尾巴。看上去很不匀称，实在是有点怪怪的。狐狸也是如此，和其他地区的同类相比，北极狐狸不仅腿短、尾巴短、耳朵小，而且连嘴巴也收缩了许多，以至于长脸变成了圆脸。

平时，我们一提起狡猾的狐狸，自然而然地就会想到它那长而尖的嘴巴，令人厌恶。然而，在北极看到圆脸的狐狸时，你会觉得它们憨厚了许多，甚至会怀疑它们到底是不是狐狸。

狐狸是北极草原上真正的主人，它们不仅世世代代居住在这里，而且除了人类之外几乎没有什么天敌。因此在外界的皮毛商人到达北极之前，它们生活得自由自在，无忧无虑。它们虽然无力向驯鹿那样的大型食草动物进攻，但捕捉小鸟，拣食鸟蛋，欺负兔子，或者在海边捞取软体动物之类充饥，都干得得心应手。到了秋天，它们也能换换口味，到草丛中寻找一点浆果吃，以补充一下身体所必需的维生素。狐狸最主要的食物供应来自旅鼠。它们能像猫一样敏捷轻巧，机灵地跳起来，准确地扑过去，将逃跑中的旅鼠按在地上，然后一口吞下。因此，在旅鼠稀少的冬天，它们的日子就会特别难过。但狐狸忍饥挨饿的能力很强，可以连续几天甚至几个星期不吃东西而不至于饿死。

位梦华先生有一次到野外考察，闹过这样一个笑话。一下车，放眼望去，在茫茫草原上散布着一些大大小小隆起的土堆。上面的植被长得格外茂盛，翠绿欲滴。有的还开着鲜艳的小花，与周围青黄色的小草相比显得格外醒目。陪同位先生的因纽特朋友问那是什么，他不假思索地说："当然是坟墓了。"

因纽特人听了笑得前仰后合。位先生被弄得莫名其妙，不知道对方在搞什么鬼把戏。想过去看看，却被一把拉住了："你想过去可以，但必须紧紧跟在我们后面，不可超前一步。"那一本正经的样子让位先生心里更犯嘀咕，以为他们要看自己的笑话。再看看他们的表情，一个个都非常认真严肃，才放心了许多。由于环境严酷，因纽特人在工作时，特别在野外的情况下，是决不轻易开玩笑的。位先生跟在因纽特人后面，一声不吭，蹑手蹑脚地来到一个土堆跟前一看，才恍然大悟。原来那是一个狐狸老窝，前后左右有好几个洞口，从一个洞口里还探出一只小狐狸的脑

袋。但它一看形势不妙，立刻又缩了回去。据因纽特朋友说，这些狐狸窝大多有几十年到几百年的历史。粪便和吃剩的食物之类使这里的土壤格外肥沃，植物也就生长得特别好。

较劲

王者

1999年采访位梦华先生时，我们对动物世界有过讨论，被我写到《两极密码——从

长江源到北极》一书中，现在看来依然觉得很有意思，就抄在这里吧：

位梦华先生在说到动物的行为仿生学的时候说，如果把所有的因纽特人集合起来开个会，有一个中等足球场就可以了。但他们生活的地域却比欧洲还要大，北极人口的密度就可想而知了。在北极，人和大自然，特别是人和动物之间的关系是如此之密切，以至于使人们常常想起人和动物之间到底有些什么本质上的差异。生物学家们甚至常常为此争论不休，但是争来争去，反而越弄越糊涂。最后有人只好摇头说：看来人和动物之间的界限确实有点模糊。

然而基督教徒对此表示反对，他们认为，人和动物怎么能相提并论？简直荒唐至极。因为人有灵魂，动物没有。人死了可以上天，动物死了以后就什么也没有了。但他们的论点遭到了因纽特人的批判。因为在因纽特人看来，世界万物皆有灵魂。所以他们在捕到动物之后，首先给它们一点水喝，然后再杀来吃它的肉。这样，动物的灵魂就可以转世，他们就可以永远打到猎物。

关于行为仿生学，一位生物学家做了一个海鸥蛋的模型。这个人工做的海鸥蛋和真海鸥蛋一模一样，只是大了许多倍。生物学家趁海鸥不在的时候把它和一个真的海鸥蛋放在一起。海鸥妈妈回来之后犯了难，因为它搞不清楚哪个是真的。观察研究了好半天，最后还是决定孵化那个大的，弃自己的蛋于不顾。但是那只蛋实在太大了，它好不容易爬上去，刚想卧下去孵，不小心一下子又摔了下来，这样反复了许多次。由此，这位生物学家得出结论，这看上去是很愚蠢的，但却反映了一种天性，就是鸟似乎也有好大喜功的坏毛病。

有趣的是，人类所有的行为几乎都可以在动物世界中找到类似的模式。比如群体意识是人类社会存在和发展的基础，但是这种群体意识不仅属于人类，在动物之间也屡见不鲜。从天上飞的鸟，到水里游的鱼，从庞然大物似的野兽如大象和麝香牛，到微不足道的昆虫如蜜蜂和蚂蚁，似乎都知道群体之重要。

又比如，两性结合，不仅是人类存在的关键，而且也是人类精神生活的核心，因此有繁杂多样的婚姻形式，比如一夫多妻、一妻多夫和一夫一妻。所有这些形式，都可以在动物当中找到类似的范例。不仅如此，更加有意思的是，有些看上去是由人类高级思维而导致的行为，在动物当中也可以找到非

夜幕降临

常相似的活动。例如国不能有二君，这在人类来到这个世界上之前，动物当中早就实行了不知有多少万年了。蜜蜂王国就是一个极好的例子。蜂王一出世，第一件事就是将其他尚未出世的蜂王杀死。狼群的首领在台上时作威作福，一旦被赶下台来，不仅自己降为平民，就连原来与它相好的也得遭殃，在群体中变为二等公民。

在阿拉斯加的八天，我们看到原生态的大自然，包括动物、植物、冰川、冰河，但没有看到北极光，也没有坐船或乘直升机俯视冰原。这些遗憾还能补上吗？也许还要故地重游，谁知道呢？

横穿加拿大——对"好河"的思考

从空中看温哥华

水中黄色的是一排排运输中的木材

温哥华的雪山

2013年9月11日，离开阿拉斯加，我们先飞到西雅图，然后乘机离开美国飞往加拿大，继续进行生态游。

到加拿大的第一站是温哥华。让我没想到的是，在飞机上看到水里一排排等待运输的"树"。我们都知道加拿大的森林覆盖率是很高的。这些木材被这么大量的砍伐和运输，对自然没有影响吗？它们又将被运到哪里去呢？

温哥华坐落于碧海蓝天之间，背倚海岸和山脉。这座海港城市的气候以温和著称，其周边白雪覆盖的山峦则是冬季运动的绝好去处，也是鸟瞰令人惊叹的城市美景的好地方。温哥华是世界上极少数能在清晨上山滑雪、午后出海扬帆的城市之一。

我查到的温哥华历史沿革如下：据考古发现，原住民在8000年至10000年前已在这

温哥华的花花草草

一带出没。1792年，英国航海家乔治·温哥华航行至此并展开勘测并奉命从西班牙手中和平夺得这里的港口。乔治·温哥华虽非最早到此的欧洲人，但此地因他而得名。

1886年温哥华大火后，市议会于卡路街搭建帐篷成临时市政厅

温哥华于1886年4月6日正式设市，当时的南界仅及现在的第16街。同年6月13日发生大火，整座城市被摧毁。1881年的温哥华约有1000名居民，到1900年上升至2万人，到1911年再上升至10万人。

温哥华一带区内经济，早期主要依赖于林业。太平洋铁路于1887年延至温哥华后，这里成为北美西岸水陆交通主要枢纽之一，更构成远东、加东和英国之间贸易往来的重要一环。温哥华港是加拿大最大最繁忙的港口，以货物总吨数计也是北美第四大港口。此外，温哥华的自然环境深受游客欢迎，令旅游业成为市内继林业后第二大经济支柱。为庆祝建市一百周年，温哥华于1986年举办世界博览会，随之而来的地标建筑和基础建设（如加拿大广场和架空列车）带来一番新景象。2010年，温哥华连同惠斯勒等城镇共同举办冬季奥运会和冬季残奥会，成为历届冬季奥运会主办城市中首个太平洋沿岸城市。

维多利亚岛上的布查特花园

9月12日一大早我们赶到温哥华码头，今天乘船要去的是不列颠哥伦比亚省首府维多利亚市布查特花园。

不列颠哥伦比亚全省有4780万公顷森林，其中90%以上是公共林地，每年林木产品出口约占全省出口总额的50%，该省林木产品出口约占世界林木产品出口的8%。水产业和旅游业也是这里的重要产业。

近十多年来，生态旅游、农业旅游、电

影业及高科技产业等新兴行业成为不列颠哥伦比亚省经济发展的重要动力。该省境内有湖泊、湿地、河流及小溪，孕育了丰富的野生动植物。省内的各类公园极负盛名，构成集生态保护、户外娱乐、教育以及科学研究为一体的多元生态系统。这里 12.5% 的土地都是生态保护地。

每年 9 月到 11 月是鲑鱼洄游产卵的季节，每四年则有一次规模盛大的大洄游发生，数以百万计的鲑鱼会游回它们出生的河流。如此壮观的生态奇景，当仁不让地成为不列颠哥伦比亚省秋季热门旅游项目，吸引世界各地游人。不仅如此，鲑鱼类产品也是这里最著名的特产之一。这些产品不含任何人造食用香料和防腐剂，还可以打包空运，成为人们留作纪念或是馈赠好友的绝佳之选。

不列颠哥伦比亚省的人口已经高度多元化。这里生活着 40 多个主要的原住民文化群体，大量来自亚洲的居民使用的中文和旁遮普语成为除英语之外最常用的两门语言。此外还有数量可观的德国人、意大利人、日本人和俄罗斯人。这些移民组成鲜明活泼的文化集合体，有各具特色的饮食、建筑、语言和艺术活力。

风景如画的不列颠哥伦比亚省首府维多

市区一角

利亚是加拿大著名旅游胜地，位于温哥华岛南端，是美丽的海岸城市，人口仅 30 万。维多利亚市的前身维多利亚堡建于 1843 年，这里的旧城保存有许多历史建筑。该市建有加拿大西部一流的博物馆，是全国气候最温和的地方之一，可全年享受户外运动的乐趣，城市花园翠色盎然，海山胜景令人心驰神往。

城市雕塑

全年平均每日有 6 小时日照，最冷的日子也很少低于零摄氏度。其他省份银装素裹时，维多利亚路旁的古老灯柱上还吊着插满鲜花的花篮。因此这里居住着大量有钱有闲的艺术家。

花园里

想当年

维多利亚市有一座远近闻名的布查特花园，位于其东南 20 公里的中沙尼治市。网上对这个花园的介绍非常详细，可见它的知名度是非常高的。花园的来历是这样的。其创办人罗伯特·皮姆·布查特 1888 年先是和友人合股开办波特兰水泥厂，随着事业的发展，在 20 世纪初来到维多利亚，在托德海口一带发现丰富的石灰矿床，又在当地建立水泥厂。托德海口依山傍海，山上林木森然，地势起伏有致，布查特一家在这里建起了安乐窝。他的夫人珍妮·布查特最初对园艺一窍不通，只是从友人那里得到一些豌豆和玫瑰花种子，不经意地种在屋旁。随着鲜花盛开，建立大花园的计划在她心中萌生了。在丈夫的支持下，珍妮开始实现将水泥厂废弃矿场建成美丽花园的梦想。至少有一个意大利闺蜜和一个日本闺蜜帮她别出心裁设计园林，布查特夫人和先生也常在旅行欧洲时购置雕塑及艺术品以带回花园装点。

怒放

布查特花园占地 12 公顷，分 4 个大区。其一为新境花园，原为石灰矿场，开采后遗下巨穴，经多年经营遂成名园。园中积土成山，有小径及石级可登。旁围曲栏，栏外斜坡，均有名花覆盖。山下有曲径环绕，临人工小湖。有山泉奔流而下，水花直注水中，淙淙有声。

其二为意大利式花园，按古罗马宫苑设计。园旁围以剪成球形的常青树墙，内有两

水池，星状池旁设花坞，蛙形喷水池中有意大利石雕。整个花园为对称的图案式结构。其三为日本式花园，迎面为红色神宫门楼，饶有东瀛风格。园内遍植加拿大枫树、百合花、日本樱花和松杉，龙胆随翠竹起舞，白杨伴垂柳扬花，有小桥、流水、茅店等胜景。

喷泉

树环

井

其四为玫瑰园，园地宽广，玫瑰品类繁多，花团锦簇，锦绣天成。除此之外，布查特花园尚有温室花房，里面布满各种名贵鲜花，分叠多层，犹如花山花岛。"水舞"喷泉亦为园内胜景，夜间彩色灯光与群花相辉映，喷泉水花能合音乐节拍和灯光闪动起舞，故有"水舞"之名。

花群

老人老树

网上的介绍还说：在第二次世界大战中，由于劳动力缺乏，无人管理的布查特花园日渐荒芜。大战结束后，布查特的儿女承担起管理和整修花园的任务，使这里重新赢得声誉，成为世界上最美丽的花园之一。

所谓世界上最美丽的花园，我想一定要加上"人工"二字。大自然搭配出的天然花园我是看到过的，和这种靠人工种出来的还是有着不同的美。当然如今的花园大部分是人工建成的，但在地球上，天然的花园也还是有的。比如在我国的长白山，生态学家沈孝辉就神秘地告诉我们，那里有一个少为人知的秘密花园——那才是经上帝之手"建造"的纯天然的花园。

或许源于其内在的浪漫气质，布查特花园从今年春天（2013年）开始它的婚礼季节，也就是在室外花园为新人提供拍照地点。婚礼季节与布查特花园一年一度的春天序曲（花展）都在1月15日至3月31日同期举行，很遗憾我们没有赶上这个时间。这样的大花园，用一天的时间只能是走马观花。如果有时间细细品味，那才真能领悟出它的价值与美感。可惜，现代人已经没有了那份悠闲和情致，即便是我们这样的生态游。

告别维多利亚市，我们上船漂洋过海回

蜂鸟

粉艳

到温哥华。在海上，挺运气地看到了鲸鱼。在一片水面中，它们和我们的船相遇了很长一段时间。只是距离还是远了点，拍到的很小很小，不过，也足以让一船的人兴奋不已。照片上的它们，会让我们静下来细细观看并与朋友分享。

杀人鲸群

出水

击水

满缸都是花

没想到离繁华喧嚣的温哥华市区仅一步之遥，便可以观鲸。我还得知观赏鲸鱼者到这里，有95%都可以如愿以偿。在太平洋东侧的加拿大海岸，可以看到虎鲸、座头鲸、小须鲸、海豚、钝吻海豚、海豹或海狮、鹰以及其他海鸟。虽然我们乘船并不是专门为观鲸，可也没成为失望而归的那5%。

印第安人的图腾柱

2013年9月13日，今天我们要好好走走温哥华这个花园城市，看看这座只有200年历史的城市的特色。

温哥华几千年来都是一片荒野，只有土著过着原始渔猎生活。1792年，英国海军上

野鸭家族

校乔治·温哥华的探险船到达太平洋东岸，发现这里有天然良港，就以自己朋友的名字将其命名为巴拉德湾。1862年，欧洲移民来到巴拉德湾沿岸从事砍伐并定居，建立锯木厂小镇。1867年，绰号"Gassy"（意为胀气的）的杰克·丹顿（又译为贾大顿）来此地建了一个木制酒吧，供四面八方来的拓荒者憩息，以此为中心形成盖士镇（Gas Town，也即煤气镇）。19世纪，随着近代工业兴起和发现矿产资源，这里开始为人所知。温哥华港在巴拉德湾发展起来，温哥华市在盖士镇基础上形成，木制酒吧则是温哥华第一家饭店的起源。

如今，盖士镇已成为独特的观光区。维多利亚式的建筑、铺着圆石的街道、露天咖啡座以及古董店、精品店和餐厅，使这里成为逛街、购物及用餐的好地方。此地有举世仅有的蒸汽钟（Steam Clock），每15分钟喷出蒸汽一次。科多瓦街上有各式各样的小商店，收藏一些很不错的艺术作品，同时也可欣赏到原住民文化。

此地在1886年加拿大太平洋铁路通车前正式设市，市民公推修建木制酒吧的杰克·丹顿为第一任市长。丹顿与他的幕僚决定，为

蒸汽钟

多种交通工具并存

指明方向

纪念第一位到达此地的探险者乔治·温哥华，将该市命名为温哥华；把围绕木制酒吧发展起来的聚落命名为盖士镇，这是为了纪念丹顿他自己的贡献，取自其绰号"Gassy"。有趣的是，在温哥华枫树广场（Maple Tree Square）中心地带，可以见到杰克·丹顿的

雕像矗立在啤酒桶上。我们一行人中有两位啤酒爱好者，在车上看到啤酒厂和酒吧后非常激动，但因为不能停车，我们让车在那里转了两圈让他们拍照，以便回去慢慢感受这个城市的啤酒文化。

　　温哥华市中心的斯坦利公园是太平洋东海岸"斯阔米什"（Squamish）土著部落原居地。众多室外图腾代表着他们的文化。形状不一的印第安木刻图腾柱，不仅是印第安

老店

面具

原住民风格的木雕

啤酒厂旁边的酒吧

店铺外

印第安元素

人文化艺术的体现，也为公园增添一处历史景观。

加拿大原住民是印第安人。印第安人又称美洲原住民或第一民族，是除因纽特人外所有美洲土著居民的总称。之所以被称为"印第安人"，是因为当年哥伦布等探险者以为自己到达的"新大陆"是印度，"印第安"意为"印度的"。殖民者带来的瘟疫及战争使印第安人人口大幅减少1000万以上，现在残存的古代印第安文明已经不多。斯坦利公园里的印第安图腾展区向游客展示印第安元素，这些图腾柱是20世纪20年代也即近百年前放置在那里的。

"图腾"一词来源于印第安语"totem"，意为"它的亲属""它的标记"。图腾在原始社会中起着重要的标志作用，它是最早的社会组织象征，具有团结群体、密切血缘关系、维

图腾柱

系社会组织和互相区别的职能。通过图腾标志，得到图腾认同，受到图腾保护，这是印第安人生活的重要内容。图腾标志最典型的就是图腾柱，在印第安村落中多立有图腾柱。

怎么解读这些图腾？印第安人认为在自然界中存在着一些神秘的魔法生物，这些生物能在人和动物中行走和转变，也生活在两者之间。印第安人把世界分成天界、地界和水界，是人、动物和魔法生物共存的空间。网名小侬的博客有这样的说法：斯坦利公园的中部立有几十件刀法粗犷、色彩大胆的印第安图腾柱，为这座现代城市增添了古朴的艺术与历史气氛。虽然这些并非百年历史的印第安原作，但也是世界上最多印第安图腾柱的聚落。图腾所刻的动物及其数量，显示该部族的生活与社会地位。公园内大学的人类博物馆，则收藏着全世界最丰富的印第安木雕原件。

在斯坦利公园北端是横跨巴拉德海湾的狮门大桥的一端。狮门大桥与旧金山的金门大桥并称，桥身两侧以弧形钢索悬吊，长1660多米，可容3条车道，是连接温哥华市区与西温哥华、北温哥华的交通要道。在那里，我的眼神停在一位拉二胡的华人身上，曲子是《二泉映月》，旁边一位外国人认真听着。

听

我揣摩着这二位的心情：有思乡，那是一种情愫；有传播，那是一种寄托；有了解，那是一种文化；有欣赏，那是一种认同。

在斯坦利公园环岛道路上，我拍到那里被认为是自行车爱好者天堂的专用道。很久以前，我们中国是自行车大国。而现在，欧洲的荷兰成了世界上的自行车大国。

瞧这一家子

树洞

都市森林

列队游弋

我路过

2010 奥运会场

奥运会会场

上飞机离开之前，我们在温哥华的最后一站是举行 2010 年冬季奥运会开幕式和部分比赛的场馆。大家都想想看看人家开奥运会的地方是啥样的。在那里我们了解到作为 2010 年温哥华冬奥艺术项目的一部分，90 多名原住民艺术家创作的艺术作品为冬奥场馆增光添彩。什么是尊重历史？什么是文化品位？我在参观时虽没顾上细细欣赏、拍摄这些作品，但却从心里羡慕着。

活力

机场行李传送带旁

机场等行李处

恐龙谷欢迎你

在从温哥华飞向卡尔加里的飞机上，我拍到了雪山，也在意料之中。可是在卡尔加里机场等行李时，看到那么多"动物"，却有些出乎意料。这是不是意味着这一站能看到它们呢？还没有离开机场，这些"动物"

已经让我的心里充满想象。

山脉在这里遇见草原

2013 年 9 月 14 日，我们从温哥华一路向东，行走在卡尔加里秋天的原野上。车在

鸭兔

牛饮

草垛

公路上跑，我的相机一直没停地拍。这样的景色，在过去，本是生活中常见的呀！

卡尔加里（Calgary）一词的意思是"清澈流动的水"。这是一座位于南部落基山脉的城市，面积789.9平方公里，海拔1048米。根据2007年市人口普查，市内人口有1019942人。该城是加拿大阿尔伯塔省经济、

金融和文化中心，工程师密度是全加第一，多次被评为世界上最干净的城市。18世纪70年代开始有欧洲殖民者在此定居，后来成为西北皇家骑警的一所驿站。后来加拿大太平洋铁路修建至此，卡尔加里逐渐发展成城市。

卡尔加里的天气素以多变而著称，甚至市内流传着"一天之中你会体会到一年四季"的说法，冰雹在夏天出现几率比较大。卡尔加里拥有四季分明的天气，春、秋、冬三季较长，夏季较短。最冷的月份一般集中在2月和3月。不过这里阳光充沛，平均年日照时间居全国之首。7月平均温度22.7℃，1月平均温度-9℃。

1941年，在卡尔加里发现丰富的石油和天然气，从此，城市得到迅速发展。现在世界上包括中国在内的众多石油公司都在这里设有常驻机构，很多大石油公司的总部就设在这里。因此卡尔加里也被称作加拿大的能源中心。1988年在这里举办过第十五届冬季奥林匹克运动会。

我们此行第一站是沃特顿湖国家公园。公园建于1895年初，占地面积124788英亩。一行人刚到那里，就被美景深深地吸引了。一般来说构成美景的要素如天色、云彩、山峦、湖光，都在这里被大自然搭配得无可挑剔。公园取名沃特顿，是为纪念英国博物学家查

田野

尔斯·沃特顿。园中有加拿大落基山脉中最深的湖泊（近 444 英尺）及加拿大西部最早（1902 年）挖掘的油井。

　　沃特顿公园位于加拿大阿尔伯塔省西南角，毗邻美国蒙大拿州。根据阿省和蒙州于 1931 年的提议，把阿省的沃特顿湖区国家公园与蒙州的冰河国家公园合并，组成沃特顿 - 冰河国际和平公园。这样不仅促进两国友好

沃特顿湖

湖光山色

姹紫

嫣红

关系，也可分享收益，更是为了强调原始自然环境的国际化以及为保护这些原始自然环境进行必要合作。该国家公园已被列入世界遗产目录。

沃特顿冰川国际和平公园地处落基山脉最窄处，为证明"自然资源是没有国界的"信条，两国这一地区没有划定边界线。这里有高山与深谷，林带与草原，还有注入三大洋的深冰山槽状河流湖泊。实际上，像这样在一个地区集中这么多且不同生态的环境是十分少见的。从平缓的草原地带到落基山脉，地势迅速升高，让山脉在这里遇见草原。野生动物分布也与地理面貌差异相对应，山羊、加拿大盘羊、绵羊、山狗、灰熊、狗熊、二十多种鸟类和著名的"国际"麋鹿种群——这种麋鹿每年一次进行迁徙，夏天在冰河国家公园山地（公园美国部分）栖息，冬天则回到沃特顿草原地带（公园加拿大部分）。公园美国部分还是美国本土48个州内唯一狼、熊和狮子自然繁衍之处。这个地区12000年前就有土著居民居住。现在这个国家公园都还保留着对国家有重要意义的最早出现的保留地。

躺下的和站着的

木屋

威尔士王子酒店大堂

在这样的大自然中，当地人的生活又是怎么过的呢？当地一位华人给我们介绍了每年一度颇有趣味的牛仔节，并且说我们几乎是与其擦肩而过。人的一生当然不能什么都赶上，我只好从书中找到其中的滋味。以下是查到的相关内容。

号称北美最大的卡尔加里牛仔节起源于20世纪初，始于一个牛仔的梦想。1912年，一个经常旅行美国各地从事西部牛仔表演、名叫 Guy Weadick 的人，一心梦想要举办牛仔竞技活动，发扬西部拓荒时期的精神与西部牛仔文化。在他努力奔走之下，这个构想获得当时担任牛仔竞技组织的四大巨头的资助，筹措得10万美元，于1912年9月首次在卡尔加里创立牛仔竞技活动并一举成功，得到全卡尔加里市民的支持。自那以后，每年7月，平时安静

老牛仔

传统的白色牛仔帽已被各种牛仔帽所代替。

每年的牛仔节都以盛大的游行揭开序幕，包括音乐、舞蹈、乐队、花车、皇家骑警、原住民、牛仔公主、王子、历届牛仔竞技男女冠军等一百多个队伍，在市中心的第六大道进行长达五公里的游行。

精彩刺激的各项牛仔竞技活动，在市中心的牛仔竞技公园举行。Stampede 是 6000 年前当地印第安人围猎北美野牛的专用词，卡尔加里牛仔节的英文全称就是 Calgary Stampede。牛仔竞技主要项目有驯马、驯牛、套索、篷车赛等各种西部牛仔比赛。

篷车大赛是其中最惊心动魄的一项竞赛。在"Ya-Hoo"声中，那些身上除了爱人所送

的卡尔加里便会陷入狂欢。牛仔节也越办越大，活动项目与奖金不断增加，吸引世界各地好手前来角逐。

牛仔帽是卡尔加里牛仔节的象征，标准的帽子是以白色为主色调。据说这种帽子是在一次很著名的体育比赛中卡尔加里啦啦队的统一顶戴，后来遂成为传统。历经几十年的发展，

跃跃欲试

的银链子之外没有任何保护东西的驾驶者跃坐载满火炉、铁箍木桶、帐篷、烙铁的震动篷车，驱赶着马儿加速、再加速。只见马蹄奔腾，车轮滚动得几乎飞脱，疯狂冲向终点争取冠军，整个场面洋溢着泥泞和热情，你就可以知道，为何篷车赛是卡尔加里牛仔节中观众最多的节目了。

压轴大戏是骑无鞍野马。牛仔骑在没有套马鞍的野马上，只能用单手抓住索具，另一只手高举空中，努力在马上保持平衡不被摔下来。时间至少 8 秒！撑的时间越久，得分越高。少于 8 秒，或者另一只手触碰马身，都是不合格的。此外还有以下几个项目。

骑蛮牛：牛仔竞技中最危险的项目，规则与骑无鞍野马相同。不过由于公牛的重量通常高达一千多磅，被甩下牛背后若想全身而退，可是很大的挑战。这时通常会有衣着鲜艳的小丑跳出来将牛引开。

套牛犊：最需要专业技术的项目。牛仔骑马奔驰中将绳索甩出去套在前面飞跑的牛犊脖子上，再跳下马。这时坐骑必须配合默契，将绳索保持绷紧状态，然后牛仔将牛犊的三只脚以迅雷不及掩耳之势捆上。帅呆了！

扳小牛：两人一组，副骑挡着小野牛使之不乱跑。参赛的牛仔骑马赶上，瞄准小牛

的方位，以最快的速度从马上飞扑而下抓住牛角，并在最短的时间内将其扳倒在地，小牛的身体与四肢必须躺卧一侧才算合格。眼疾手快是制胜要诀，飞下马却扑了空也时有发生。这时观众一片懊丧声浪，牛仔也搞得灰头土脸。

四轮篷车竞赛：奖金最高也最玩命的项目。每场 4 组，每组包括一辆 2 人驾驶 4 匹马拉的篷车，4 个牛仔与马匹跟随。一开始马车要绕过两个地标，撞到的话要扣分。这时 4 个牛仔都站在地上。哨音一响，牛仔立刻把旗子丢到马车上。马车冲出去了，牛仔要赶快跳上马去追马车。那 10 秒之内简直是兵荒马乱！观众看得紧张刺激，其乐无穷。

绕木桶：女牛仔参加的唯一项目。骑马用最快的速度绕过呈三叶草形摆放的木桶，如果桶被撞翻，那么比赛结束之后会在总时间上加上 5 秒处罚。

卡尔加里牛仔节除了紧张刺激的牛仔竞技之外，还有大型的农牧产销展，观赏可爱的马、猪、牛、羊等动物比赛。此外还有原住民的帐棚、手工艺品展等各种充满乡野情趣的展销会。牛仔竞技公园内设有摩天轮、娱乐场、儿童游戏场等各项活动设施，数百个各种民族风味的小吃和快餐可享用。夜晚

湖边小屋

礼物之窗

时，还有乡村摇滚、牛仔音乐等户外表演活动以及烟火秀，让你HIGH到最高点。

在沃特顿国家公园湖边的一个小村庄，绿家园生态游一行人吃中饭时，几乎每一个人都有能在这样的地方多待几天就好了的梦想。要是有钱，在这里度假，天天和湖光山色同呼吸共命运，享受风景大餐。沃特顿有

树下花旁

远古海洋时期沉积形成的沉积岩石——那是15亿年的追溯，有湖水、小花、大树的陪伴，还有那么漂亮的房子和艺术品。静静地住上几天吧，这是我们离开那里时心里暗暗的期盼。

红峡谷离沃特顿湖不远，在网上甚至有把它们算在一个旅游景点的。可是它们的地貌却那么不同。不同之处还有，沃特顿湖，在网上查介绍可论"堆"；可红峡谷，不但我自己没找到，同行朋友李星燕从网上、书上帮我找，愣也是没找到。以至于我也不能在这和大家一起聊它为什么就那么红了。

虽然红峡谷的网上文字介绍没找到，但是去那里拍回来的照片可不少。对比一下，我又发现了一个不同。我们拍的峡谷里有水，但浅浅的，几乎是干的。而我看网上人家拍的照片：好嘛，水都快满出地面了，还有瀑布。

红峡谷

层层叠叠

这是为什么呢？是季节性干旱，还是全球气候变暖？不得而知。

是不勤劳，还是不会生活

2013年9月16日，我们从卡尔加里美丽的小镇贾斯珀出发，为的是近距离享受那里

美丽的湖泊。早上天有点阴阴的，但水面的神秘让人有了更多的想象。这里附近的湖非常多.周边的徒步路线在没有冰雪时可以走到很多地方。

金字塔山所属的加拿大落基山脉，位于加拿大阿尔伯塔省西南角和不列颠哥伦比亚省东南角，绵延40公里。加拿大落基山脉于

金字塔湖畔的金字塔山

湖水被雪山环绕，那么平静。坐在金字塔湖畔，恍如进入仙境！

林中大餐

93号冰原大道旁的南萨斯堪沁娃河

碧水长流

车窗外的踢马河

1984年被联合国教科文组织划定为世界遗产。山脉处在幼年期受到整体刻蚀，山体高大，轮廓分明。冰、雪、风、霜和雨凿刻出峰峦和悬崖峭壁，使其边缘始终尖利。

离开金字塔湖，我们要去的是玛琳湖。坐在车上还在回味着刚刚宁静中的遐想，车窗外的景致又一片一片地扑面而来。为什么这里就能这么美呢？

中午回贾斯珀小镇吃饭，感受到的依然是别致与优雅

街景

巫师湖冬天消失，夏天水满，很神奇

夏天的巫师湖

巫师湖上的脚印

什么是人与自然的和谐？当地人以自己的生活方式诠释着。在贾斯珀，这么美的自然能留住，和有能这样的与自然相处的人一定是分不开的。我认为！

在到玛琳湖前先经过药湖（又称巫师湖）。

玛琳湖边

据说这里的泥和水是可以治病的，这到底是什么原理我们并没有考察。

漫步在这样的森林里，我们这些来自雾霾地区的人，能不拼命地吸吮这清新的空气吗？

落基山以东地区，绝大部分地区年降水量都在 500 毫米以上，夏雨比率高。除圣劳伦斯河外，北美几乎所有大河都源于落基山脉，是大陆重要分水岭。山脉以东河流属大西洋水系和北冰洋水系，以西河流属太平洋水系。山区植被主要有黄松、道格拉斯松、云杉等针叶树种。不同纬度、高度、坡向均发育着不同的垂直带谱。

贾斯珀国家公园是北美最大的公园，公园共有 70 种本地哺乳动物，包括黑熊、狼、驼鹿、麋鹿、旱獭、老鹰和鱼鹰等。非常遗憾，我们在卡尔加里的几天，大型动物基本没有看

玛琳峡谷瀑布

到。或许这就是天公让我们集中精力好好看看这里的雪山、河流与湖泊吧。野生动物在别的地方还可看到，而大自然把雪山和湖泊搭配得如此娇艳的，别的地方恐怕是难以找到的。

玛琳峡谷是落基山脉中最长、最深、最奇特的峡谷，长 2 公里，深 55 米。峡谷独特的地形是由玛琳河急流侵蚀石灰石岩床，历

玛琳湖彩虹奇景（网图）

玛琳峡谷植被

玛琳峡谷溪流

垃圾箱是关着的，怕动物乱翻

时万年侵蚀造成的。冬天的时候，细窄的峡谷在白雪覆盖下像是被刀切过的奶油蛋糕。峡谷中的水流因地形落差而形成小型瀑布。这时候有些部分结成冰柱，看起来别有一番情趣。峡谷有一条步道，蜿蜒穿过峡谷。在此步道上端尽头处的两座桥上，可观赏到玛琳峡谷最壮观的景色。

陪我们到玛琳峡谷的当地华人说，写福尔摩斯侦探小说的柯南·道尔曾在这里喝茶。可是我在网上找了半天，并没有找到相关的记录，只能在此提一笔了。

傍晚回到贾斯珀小镇，那么宁静，那么舒适。看着当地人悠闲的生活，突然想起一位外国朋友曾经问过我：你们总认为世界上最勤劳的人就是中国人。可在我们看来你们不会生活。记得当时我还和他争了几句：何

以见得我们不会生活？今天，走在加拿大卡尔加里的山水中，走在一个小镇上，我满脑子都在纠结：究竟要过什么样的生活。

明天我们要去的几个湖，据说其蓝绿的色彩都可和我们的怒江有一拼。我在哈佛大学讲座放怒江照片时，一位在美国国家地理杂志工作的摄影师说，美国已经没有这种颜色的湖水了。在海牙大学讲课时，他们说欧洲这样颜色的河水也不多了。那么明天就去看看加拿大的河水与湖水。

走近梦幻般的湖畔

如果不是自己拍到了，很难相信车窗外的雪山如此连绵不断；也很难相信，窗外的景色让我的相机一直处在工作状态。

雪碗

落基山区曾经经历强烈的冰川作用，冰川侵蚀而成的地貌，如角峰、冰斗、U形谷等分布广泛。在海拔较高的峰峦有现代冰川。同行的生态学家徐凤翔对此有四个评价：年

变化中的大山

轻与古老、类型与变化、衰亡与新生、敬畏与保护。

"年轻与古老"，指的是年轻的山体还在不断地变化着，而存在已经有了2亿年的历史。徐先生说：用肉眼看，水平岩层完整，部分地方有些倾斜，变化不多。从植物学角度看，这里的物种有很多是非常古老的，甚至也有硅化木、化石标本。在这样的大山和岩石上，有针叶林、阔叶林，也有烧黑的过火林。

我们知道，硅化木是真正的木化石，是几百万年或更早以前的树木被迅速埋在地下后，被地下水中的 SiO_2（二氧化硅）替换而成的化石。它保留了树木的木质结构和纹理，

在路边店里看到的古生物化石海螺

雪与河

山与树

佩托湖的绿色是冰川将岩石压成粉溶入水中而呈现出的宝石绿

颜色为土黄、淡黄、黄褐、红褐、灰白、灰黑等，抛光面可具玻璃光泽，不透明或微透明。

在我拍的照片中，大山给人的感觉是沧桑，而树却是一片生机盎然。但是生态学家徐凤翔告诉我们的是：山形地貌年轻，物种古老，人类渺小。

何为"类型与变化"？徐先生是这样说的：从气温和纬度看，这里是寒温带，靠近北极圈，受海洋的影响较大。雪大，植物云杉等针叶林多在海拔3000多米处，这和温度有关。在这里，走出大山就是辽阔的平原。农牧业的发达和这里的湿润有着不可分割的关系。而这里湿生、旱生植物并存，山间云带的分布，就为多样的类型与变化提供了可能。

我们的车在走向一个又一个湖时，车窗外的景色这样不停地变化着。有山，有水，有河流，实在是美不胜收，拍也拍不够。拍

另一种色彩

幽鹤是"Yoho"的音译加意译。这个词来自印第安克里语，意为"惊异"；也有说是"敬畏""惊叹"之意；现在多译为"幽鹤"。这两个字不但字形美、寓意美，应该说也更能体现出翡翠湖"惊艳"的内涵。

幽鹤公园，是巧妙地利用大溪谷、冰河、湖泊等自然景观开设的公园。翡翠湖碧绿的湖面，照出巴哲斯山的倒影。湖面平极了，有青山白云的倒影。这里是世界上有名的拍倒影的地方。

翡翠湖之所以能这么艳丽，和它位于右手边两座山的山脊间是著名的"伯吉斯页岩化石床"，主要有寒武纪中期的海产化石应该也有一定的关系吧。它重现5亿多年前的地球生态，是世界级的化石遗迹地，1981年被列为世界遗产。

得手软时，与我们同行的当地华人告诉我们：歇会儿吧，将要看到的湖有你们拍的。天呀！已经这么美了，还有更美的吗？

今天，我们最先看到的湖叫佩托湖。佩托湖在班夫国家公园里，湖形独特，是海星状的湖头与群山、天际缠绵在一起。冰川融化而成的绿松石色的湖水，让人难以用准确的色彩定位。因为它的中段色深，头尾逐渐色淡至乳白。自从我到过北极，每看到这种颜色的水面，就会想这是冰川融水吗？自从去过怒江，再看到这种绿中带蓝、蓝中带绿的水面，我马上想到的就是：这里美还是怒江美？

下一湖叫翡翠湖，在幽鹤国家公园里。该公园位于不列颠哥伦比亚省东部，南面是库特尼国家公园，东面与班夫国家公园毗邻。

翡翠湖

翡翠湖（网图）

幽鹤公园的翡翠湖，在阳光下散发着翡翠般的蓝绿色光泽。湖面倒映着雪山、白云、翠柏、鲜花、红船、绿屋，无论从哪个角度看，都是一幅不可多得的画面。其姿态幽静娴雅，气质婉约动人，犹如空谷野鹤，凌空飘然出尘。而且一年不同的季节，一天不同的时间，一时不同的阴晴，那里的景色是变幻无穷的。我在网上看到一张照片，和我们看到的、拍到的那么不同，忍不住也放在这里。

塔卡考瀑布是幽鹤公园中另一个重要的景点。"塔卡考"在印第安语中意为"真奇妙"。1897年德国探险家阿布最先发现塔卡考瀑布，这也间接促成幽鹤谷地被纳入国家公园保护。塔卡考瀑布的水柱从鼎天岩壁宣泄而下，气势奔放。瀑布水源来自瓦普堤克冰原蓄养的大里冰河，水势因季节与时刻变化，夏天午后最是丰沛。从山顶缺口一跃而下，落差380米，虽然不及著名的尼加拉瓜瀑布雄伟，但已6倍高于其，景色与气势令人感到惊心动魄。我们的车从那里经过时在下大雨，以扫拍见长的我因玻璃上都是水没能拍下来，有点遗憾。不过，到了它共在的天生桥，我们冒雨下车，留下不少照片。

天生桥

奔流

天生桥的形成，是因为奔腾的踢马河在这里遭遇石灰岩。本来水流经石头阻挡，越过即成瀑布，但踢马河水非要穿石而过。经过千百年锲而不舍的冲刷侵蚀，水流在岩石上硬是冲出一个天然的孔洞。随着侵蚀基准往下降，下蚀力增强，孔洞持续扩大，终成今日的天生桥。踢马河的水流从这个狭小的裂口中狂奔而出，发出雷霆般的咆哮，形成宛如万马奔腾般的磅礴气势。

天然生成的桥下，踢马河水就这样千百年来日夜不停地冲击着石壁，毫不留情、锲而不舍地冲击着一切阻挡它们去路的地方。随着细雾一般的水花飞溅脸上，河水自脚下轰隆隆奔腾而过。奔腾不息的滔滔河水不由得令人心惊胆颤。面对这天然的景观，更让人由衷地赞叹大自然的鬼斧神工。

顽强的生命

年轻与古老

生态学家徐凤翔的第三句评价是"衰亡与新生"。以这位生态学家的眼光看，我们眼前的这些大山上长的小树，少说也有300年到400年的成长史。因环境严酷，有些树长得畸形，而这也正反映自然界的威力与物种本身的生命力。徐先生说，这里的新生是世代更替。云杉的死亡现象明显，衰退现象明显，但生机也正与此相关。我理解，这就是大自然中的新陈代谢吧。

徐先生对加拿大国家公园地貌的最后一个评价是"敬畏与保护"。她说，我们来这里，不是一般的旅游，也不是科学考察。我们是生态观察，是带有崇敬的心情，在认知后争取保护的可能。大自然给予我们的太多了，我们的敬畏也会影响周围人对自然的热爱。感受这个过程，我们自身也是很幸福、很快

梦莲湖

天晴了

乐的。82岁的老人在讲这些时，脸上的笑容让我们看到了她的信念。徐先生在大巴课堂上讲这些时，每一个人听得也是津津有味，并想着，回去后能做什么呢？

梦莲湖被世界公认是最有拍照身价的湖泊。它坐落在班夫国家公园著名的十峰谷中，湖底积满了富含矿物质的碎石，经年累月的沉积形成变幻多姿的宝石蓝色，晶莹剔透。伫立在湖边，遥望远处连绵的落基山脉，令

加拿大 20 元币背后的图案就是梦莲湖（网图）

人不禁感叹大自然造物的神奇。丽日晴空，风平树静时，蓝天白云倒映在宝石蓝一样的镜面上。在锯齿状的十峰山的怀抱里，湖光山色融为一体。十峰谷因十座海拔 3200-3600 米的高山而得名，山顶常年白雪皑皑，倒映在宝石般质感的湖面上，如诗如画。

我们刚到梦莲湖时，天还没有完全放晴。水面的蓝，让我觉得是早年间用的蓝墨水染过了。我们离开时，天放晴了，水的神秘感也减淡了。所以拍照并不一定非要有太阳呀，什么样的大自然都会表露出不同的意境。

路易丝湖也在班夫国家公园。1882 年，加拿大太平洋铁路工程师威尔笙发现此湖并命名为翡翠湖。到了 1883 年，这里被改名路易丝湖，为的是献给英国维多利亚女王的小女儿路易丝·卡罗琳·阿尔伯特公主。她的丈夫罗恩在加拿大总督任上与妻子积极倡导

修建加拿大第一条国家铁路。为了纪念这对夫妇的功绩，人们用公主的名字命名这个美丽的湖泊，用公主的姓氏命名湖泊所在的省即阿尔伯塔。

路易丝湖三面环山，翠绿静谧的湖泊在宏伟山峰映照下，更加秀丽迷人。湖水源自

路易丝湖通向弓河

路易丝湖

加拿大人视此湖为"国宝"

今天的路易丝湖城堡酒店

路易丝湖城堡酒店老照片

冰川，碧绿清澈。这里是北美最受摄影师青睐的摄影地点。湖长2.4公里、宽0.5公里、深达90米。湖水富含矿物质，颜色会随着光线的强弱而变化，从近处看是浅绿色的，远处看则是碧绿色。如果登高俯视，整个湖泊犹如群山环抱中一颗晶莹剔透的翡翠。湖水颜色的变幻多姿为其平添许多神秘感，被誉为"落基山脉的蓝宝石"。

路易丝湖被公认是落基山脉无数湖泊中最美的一个，被加拿大人视为"国宝"。湖泊以路易丝公主命名，而背靠的冰川则以其母维多利亚女王命名。美丽的路易丝湖和雄伟的维多利亚冰川日夜相依相偎，给人们最温馨的想象空间。

路易丝湖畔有一座宏伟的建筑，这就是路易丝湖城堡酒店（Chateau Lake Louise）。

该酒店历史十分悠久，最早建于1886年，1913年已有94个房间与维多利亚式的餐厅。而后几经发展，目前有515间房间，约可容纳1000位客人。1924年7月3日，酒店曾遭遇火灾，一年后修复。酒店保留19世纪以来维多利亚式的建筑风格，城堡样式的外观与周围的湖光山色融为一体。

精致生活

欢迎 欢迎

加拿大餐馆放着这样的泡菜，有这样的迎客雕塑，让人看到主人的一片心意。都是在做生意，都是要挣钱，在挣的过程中如何让你看着舒服，享受得自然，这两张照片能给我们一些启示吧。

明天，我们还要继续在风景如画、那么美的班夫国家公园里徜徉。还能拍到更美的照片吗？冰原大道还会有惊喜给我们的，我想。

再看一眼

冰原大道

落基山脉自然公园群

9月18日，绿家园生态游一行人在加拿大卡尔加里班夫国家公园硫磺山赶上大雪。那雪下得真大。

班夫是加拿大第一个国家公园，1885年建立，面积6666平方公里，位于阿尔伯塔省西南部与不列颠哥伦比亚省交界的落基山东麓。内有一系列冰峰、冰河、冰原、冰川湖和高山草原、温泉等景观，其奇峰秀水居北美大陆之冠。园内植被主要有山地针叶林、亚高山针叶林和花旗松、白云杉、云杉等，另外还有500多种显花植物。主要动物有棕熊、美洲黑熊、鹿、驼鹿、野羊和珍稀的山地狮、美洲豹、大霍恩山绵羊、箭猪、猞猁等。公园建有现代化旅馆、汽车旅馆和林中野营地。山上架设有悬空索道，从山下一直通向山顶。峰顶建有楼阁和观望台。

想要一览班夫全景，到距离市区约10分钟车程的硫磺山观景台，可享受360度的宽阔视野。硫磺山标高2450米，可见层峦叠翠，冰川耸立，雪峰跌宕，乱云飞渡，一览弓河谷地与班夫镇的全景。下了大雪，看班夫的全景没戏了，但在北京眼下雪越来越少的时候，观雪让我们兴奋得像是回到孩提时代。

观景台

好玩儿啊

玛丽莲·梦露1954年参演《大江东去》时出现过的弓瀑

落基山班夫小镇的早晨

雪停了的班夫又显出被湖水围绕的景致，继续让我们拍也拍不够。不过，生态游和一般旅游不同的正是它要让我们时常抱着好奇，时常抱着这里为什么会这么美的探寻。到这里的前一个晚上，在窗外就是雪山碧湖的舒适宾馆里，我在网上找了半天，终于找到了一些有关介绍。

班夫的风景有明显的冰川侵蚀的特点，幽深的U形峡谷和许多悬谷通常形成瀑布。如阿西尼博因山，由于冰川侵蚀形成一个陡峭的山顶。班夫也有许多小峡谷，包括米斯塔亚峡谷和约翰斯顿峡谷。国家公园拥有数量众多的大型冰川和冰原，其中有不少可以通过冰原公路到达。主山常见的是小型冰斗冰川，位于很多山脉的阴面。这也是一路上陪伴着我们的景致。

然而作为世界上主要的高山冰川之一，班夫的冰川在逐渐消融。照片证据表明这种趋势越来越惊人。冰河学家已经开始在公园里更彻底全面地研究冰川，并分析冰川的减少将对溪流和江河的水源造成的影响。

受到冰河作用最大的地区包括瓦普堤克冰原和瓦普塔冰原，都位于班夫国家公园和幽鹤国家公园边界。瓦普塔冰原大约覆盖80平方公里的土地，其在大陆分水岭班夫一侧的部分，包括沛托冰原、弓湖冰原和瓦尔彻冰原等。

其中弓湖冰原在1850年到1953年间消融大约1100米，并且有增加的趋势，在冰川末端形成一个新的湖。还有沛托冰原，从1880年以来消融大约2000米，并且面临着在未来的30到40年内完全消失的危险。从冰原公路还可以看到鸦爪冰川和赫克托冰川，它们是独立的冰川，没有和其他主要的冰川关联在一起。

又如萨斯喀彻温冰川，长约12公里，面积为30平方公里，是哥伦比亚冰原到班夫的主要出口。1893年到1953年间，冰川消融大约1364米，1948年到1953年间更是以每年55米的速度消融。20世纪，加拿大落基山脉冰川总计减少25%。

在大巴课堂，生物学家徐凤翔问：温哥

华为什么是一个大花园？我们摇摇头。徐先生告诉我们：那里是个浅盆地，浅盆地实际上是可以积聚温度、积聚雾气、积聚露水的。所以导游小胡讲到每天早上一般雾蒙蒙的，就是一个浅盆地水汽凝聚以后清早阳光展现出的层层的森林。

徐先生接着说：刚刚在路上问大家，是不是看到山腰中间一条云带？这个云称之为带，因为云是在沿海划等高的情况来分布的。云的下裂面基本上是一个水平带，云的上线称之为云冠，山线可以起伏变化。这一带虽然飘拂，但基本上是积云。这样的云很快就散掉了，散得越来越高以后，就变成云、卷云这一类的。

还有，大家也看到树上面，大概有五十厘米到一米，甚至一米五的短枝，通通是长的云杉球果，黄黄的。其实这个球果长了，对它的发育繁殖，不是百分之一，而是千分之一的机会。因为那个种子饱满度比较差，增长比较衰弱了。但是它还是在生长着。为什么？因为它本身的适应性就反映出来它是要繁殖后代。所以越是衰老的时候，就越是证明了云杉不是小老树，是老老树。它的发育状况体现得很明显。

这些情况包括林子里是因为植物过密了。

如果天然生长得过密了，它的树冠也比较窄。所以林子里面枯叶落的很多，都倒了。倒了以后，云杉中间折断的不多，但是连根倒的多。所以根系分布比较浅，形成了浅根性。云杉是浅根的，但松树是中深根和深根的。这里的根系就是主根性的松树上端的根。它为什么生长在这呢？因为它下面，根的上部是母子化的，不起营养吸收作用，只起一个支撑作用。根的下部是生长阶段的根，它能够吸收营养，当然也会弱一点。

徐先生说：这里看到的硅化木有两段标本，一段好像是以阔叶树组成的，所以这就讲到年轻与古老的问题。这个硅化木是灰灰的形状。还有一段硅化木更粗，估计是针叶树，就是云杉这一类。这也是一个古老物种。上面有一些烧焦的黑黑的，这一段硅化木我一看，我理解它是先焦化后硅化，所以那段硅化木中心部分有一些焦黑的。这是植物系统里面的古老类型，一直延伸到现在。硅化木是历史。现在的针叶树，云杉为主的窄窄的灌型，跟阿拉斯加是相连的。我看到的云杉，至少有两种。

到班夫镇后，我们走进了一片似乎是当地政府办公的地方。大门是关着的，小门却开着。那么漂亮的地方，我们忍不住走了进去，

镇政府办公地

外人随便进

花团锦簇

像是进了花园。

　　既然进了班夫镇办公地点，那就介绍一下我查到的当地历史吧。这要先从国家公园说起。《落基山脉公园法》于1887年6月23日颁布，公园被扩大为674平方公里，并命名为"落基山脉公园"。这是加拿大第一个国家公园，北美洲第二个国家公园，仅晚于美国黄石国家公园。

　　1980年代，加拿大公园管理局将很多公园设施私有化，如高尔夫球场等，增加使用其他设施的费用以削减预算。1984年，班夫国家公园作为"加拿大落基山脉自然公园群"一部分，与别的国家和省立公园一起申报世界遗产，项目包括高山、冰川、湖泊、瀑布、峡谷、石灰石洞穴和发现的化石。申请的成功，也同时增加了保护公园的义务。

　　《加拿大国家公园法》于1988年修正，将保存生态完整性放到第一优先级的位置。该法律同时要求每一座公园在公众参与下制定管理计划。90年代，公园发展计划包括桑夏恩村扩建，该计划遭到加拿大公园和原野学会起诉。90年代中期，班夫弓河山谷研究会成立，其目的是更好地处理环境和公园发展相关的事务。

　　第一次世界大战期间，加拿大属于协约国阵营，政府把敌方即同盟国阵营的奥地利、

问讯处

匈牙利、德国、乌克兰移民送到班夫，去集中营劳动。最大的集中营位于卡斯尔山，冬天则搬到洞穴与盆地。班夫很多早期基础设施和道路是由乌克兰劳工建造的。

1931年大萧条时期，政府在国家公园安排公共建设工程项目。班夫温泉有了新的浴场和游泳池，作为洞穴与盆地的补充。其他工程包括公园道路，班夫镇周边建设以及从贾斯珀到班夫的高速公路。1934年，《公共建设工程法》通过，为公共建设工程提供后续资金。新的工程包括班夫东大门重建和镇管理机构办公地点建造。1940年，冰原公路通到班夫的哥伦比亚冰原地区，将班夫和贾斯珀连接起来。第二次世界大战期间，集中营再次在班夫成立，同时在路易丝湖、斯托尼克里克、希利克里克也成立集中营，关押

的主要是萨斯喀彻温省的门诺派（新教福音主义派）成员。

早些时候，班夫很受欧洲富有游客欢迎。富人通过远洋邮轮横贯大西洋来到加拿大，然后乘坐火车继续西行。美国上流社会游客也不少，其中一些人雇佣当地向导参加登山活动。

班夫冬季旅游开始于1917年2月，第一届班夫冬季狂欢节也于当时举办。狂欢节以一个大的冰宫为特色，冰宫由囚犯建造于1917年。狂欢节活动包括越野滑雪、跳台滑雪、冰壶、雪鞋和滑雪游戏。30年代，第一个速降滑雪道在桑夏恩村落成。诺奎山度假区也于30年代开发，1948年，第一条缆车在那里落成。

加拿大多次申请把班夫国家公园作为冬季奥林匹克运动会举办地，但屡经挫折。第一次是1964年冬奥会申办输给奥地利的因斯布鲁克。很快，1968年冬奥会申办又负于法

小镇上的印第安人商店

远望雪山

国格勒诺布尔。1972 年冬奥会，班夫再度参与申办竞争。但是环境保护组织得到加拿大帝国石油公司赞助，强烈反对申奥，使该次申请所受争议最大。当时加拿大公园管理局负责人让·克雷蒂安迫于压力，不再支持申请。最终日本札幌市获得该届奥运会主办权。1988 年冬奥会主办权由加拿大卡尔加里获得，其中越野、滑雪项目比赛在坎莫尔诺蒂克中

心省立公园举行，位于班夫国家公园东大门外的加拿大横贯公路，多多少少实现夙愿。

班夫镇设置于 1883 年，是班夫国家公园主要商业中心，也是文化活动中心。这里是文化机构所在地，如班夫中心、怀特博物馆、卢克斯顿博物馆、洞穴与盆地国家历史古迹和一些艺术博物馆。还有很多传统年度活动，包括 1889 年开始的印第安日、冬季狂欢节。

设置班夫镇，让当地居民对发展的建议有更多话语权。

问题也是存在的。加拿大横贯公路穿过班夫国家公园，给野生动物迁徙带来麻烦。受公路和班夫发展的影响，灰熊栖息地呈现破碎化。灰熊喜欢在山区栖息，而这个区域正是受发展影响最严重的。如今公路沿线许多地方建造野生动物通道，包括一系列地下隧道和两座天桥，以缓减此类问题。

这次绿家园生态游，生态学家徐凤翔一直重申的理念是六个字：行、观、学、思、教、保。她说自己始终遵循着这六个字，不但出来以前好好地做准备，出来了也要学习；在这个过程中，尽其所能地看到、学到，跟大家交流。我写这组系列报道，是去美国阿拉斯加和加拿大温哥华、卡尔加里等地五个多月后。但是，不管是翻看记录还是挑选照片，都仿佛是昨天。因为有了对美的追踪和了解，而这种追踪和了解，也让美更多地留在心里，激发我为保护自己故乡的自然加倍努力。

9月18日是中国中秋节。我们一行人在旅馆里拿出从家里带来的月饼和各种小吃，举杯、思乡、畅想。明天将是此行的最后一天，要去的地方叫恐龙谷。恐龙谷，真的能看到恐龙的足迹吗？又是一个新的期待。

远在他乡过中秋

世界上恐龙化石最好的储藏地之一

中国人传统的勤劳致富，加拿大人的留住大自然，是不同的发展模式吗？大巴课堂上，同行的人一直在探讨着，争论着。看着、拍着、争着，就到了恐龙谷。还没有看到真的恐龙化石，长相那么不同的恐龙雕塑就一个个出现在我们的眼前。

山间雾霭

欢迎来到恐龙谷

这里曾是恐龙的家园

生命的故事

查到的恐龙谷历史是这样的。加拿大阿尔伯塔省德拉姆赫勒（Drumheller），最初是一个名叫德拉姆赫勒的军人1910年买下一块土地。次年在这里开采煤矿，1912年有了火车站，1913年成村，1916年成镇，并因买下这里的军人而得名。1930年成市，人口最多的时候达到三千人，是加拿大西部最大的煤矿产地。1998年，在联邦政府和阿尔伯塔省政府支持下，把市降为镇并与Badlands市政区合并。德拉姆赫勒是该省最大的镇，面积足有111平方公里。后来这里发现很多恐龙化石，建了加拿大最大的古生物博物馆和恐龙雕塑，因此又被称为恐龙谷。

为了让前来看恐龙的人更好地了解那段地球的演化过程，游客可先走进皇家蒂勒尔博物馆的恐龙馆。一进博物馆大厅，不免就会被"生命的故事"雕像所吸引。它启示人们，人类的起源和进化与远古的恐龙时代有着直接的联系。没有远古的侏罗纪恐龙时代，人类的生命从何谈起。

恐龙谷第一具恐龙化石是地质学家约瑟夫·蒂勒尔（Joseph Tyrell）于1884年发现的，博物馆因此命名。其中恐龙馆收藏了35具完整的恐龙化石，另外还有15万件恐龙化石残片。这些化石对了解古生物研究和

仰天长啸

巨掌

盘曲于地

长嘴

恐龙进化进程起到重要作用。这里是世界上规模最大且最完整的恐龙化石的展出。该馆还借助电脑媒体，带你穿梭于地球45亿年前的历史中，仿佛回到了侏罗纪时代。特别是一些可以亲自动手的体验，让你可以模拟考察。恐龙谷随处可见各种恐龙模型，其中有一个大约有六层楼高，是世界上最大的恐龙模型。模型体内设有台阶，拾级而上可登到

恐龙的大嘴中。

恐龙谷是远古时代恐龙聚居活动的地方，后来经过地理环境演变及侵蚀作用影响，将数百万年前沉淀的岩层和丰富的煤层以及原本埋藏于土石中的恐龙骨骼显露出来。自1910年以来，已发现将近400条恐龙化石。加拿大恐龙谷是世界上恐龙化石最好的储藏地之一。

恐龙生活过的德拉姆赫勒的地貌非常特别。尤其是德拉姆赫勒石林（drumheller

如此完整

（Hoodoos），中文叫石人柱，像一个个石人矗立在山脚下。它是砂岩柱和页岩顶的地质构造，是珍贵的地质奇观，是历经百万年风化后的特殊的岩石层。

这些石柱经过百万年风化，有的高5-7米。每一根石柱都像一根带盖的蘑菇，又被称为蘑菇石。由于它们的根基是沙石，所以这些石柱易碎。旁边会立着一些牌子，上面写着"严禁攀爬和踩踏"。

石林（Hoodoos），来源于英文单词voodoo，也即伏都教（一种西非原始宗教）。在伏都教传统里，石林据说夜里会活过来，向入侵者扔石头。所以其在当地犹如护身符，保一方平安。在百姓眼里，它们是很神圣的。

恐龙谷，中国也有，并命名为世界恐龙谷。

地貌非常特别

蘑菇石

麦垛状

画布状

小型恐龙骨骼

的发掘和探勘，确定这是迄今为止世界上最大的一处侏罗纪晚期的恐龙大坟场，有上百条恐龙埋藏于此。

恐龙，是日本生物学家对英文 Dinosauria 即"恐怖的蜥蜴"（恐蜥）的翻译，汉译接受了日译词，应该知道它不属于汉语含义的龙类。自从 1989 年南极洲发现恐龙化石后，全世界七大洲都已有了恐龙的遗迹。世界上被描述的恐龙至少有 650 至 800 多个属（古生物学上的种属，不完全同于现代动物的分类方式）。后来，日本、中国等国的学者把它译为恐龙，原因是这些国家一向有关于龙的传说，认为龙是鳞虫之长，如蛇等就素有"小龙"的别称。

1938 年，我国古生物学奠基人、恐龙研究之父杨钟健在云南禄丰发掘出中国第一条恐龙骨骼化石标本——"许氏禄丰龙"，使禄丰成为闻名世界的"中国恐龙原乡"。1995 年在禄丰川街阿纳恐龙山，即现在"世界恐龙谷"项目所在地，发现一处世界级规模的恐龙骨骼化石掩埋点。经过中美两国古生物工作者

纵横交错

恐龙生活过的山地

行走恐龙谷

今天我们有幸看到这样的地质奇观，但不知道它是否还会延续几个世纪？由于常年的风化作用，如果哪天这个页岩"帽子"不慎丢失（风化作用或人为行为），这些脆弱的砂柱，会因雨水和风化作用而消失吗？这片地貌可以让我们联想到古生代海洋的存在。

湿地

告别恐龙谷

再经过几个世纪的变迁，这个裸露的地貌又会是什么前景？

在大巴课堂上，我们把一堆问题提给生态学家徐凤翔。82岁的老太太说，如果有可能，我还会继续以生态游的方式走进大自然，向自然学习。向大自然的学习是无止境的。人类要和大自然和谐相处，也只有走进自然，认识自然。也许有那么一天，这么丰富多彩的冰原，还有冰川融化而成就的碧色湖泊，不用走出国门，在自己的家乡也能看到，我相信。

圣劳伦斯河边的枫叶大道

加拿大的秋色让我向往已久。2017年秋天，终于来到这里，看到大自然在这一时刻、这一舞台上演的节目。

蒙特利尔位于加拿大魁北克省西南部，主要分布在圣劳伦斯河中的蒙特利尔岛及周边小岛上。该市人口约为410万人，是魁北克省最大城市、加拿大第二大城市及北美第

十五大城市。"蒙特利尔"一词来源于中古法语"Mont Royal"，意为"皇家山"，至今蒙特利尔城中心地标皇家山仍以此命名。法语是这里的官方语言和最常用的语言，使用人口占城市总人口的70.5%，使得蒙特利尔成为世界上仅次于巴黎的第二大法语城市。

蒙特利尔曾经是加拿大经济首都，拥有最多的人口及最发达的经济，但是在1976年被安大略省的多伦多超过。今天该市仍是加拿大最重要的经济中心之一，航空工业、金融、设计、电影工业等行业发达。这里被认为是世界最佳宜居城市，并被联合国教育、科学及文化组织认定为设计之城。晚上的蒙特利尔，站在高处，除了能看到灯光四射，还能看到满天的云彩是亮的。走在街上，满城的艺术气息扑面而来。

空中的云河

蒙特利尔城市森林

在法国人来到魁北克省，梦想建立法兰西第二帝国前，共同生活在这里的印第安部落阿尔冈昆（Algonkian）、休伦（Huron）和易洛魁（Iroquois）常有冲突。

欧洲移民在蒙特利尔岛上首个永久定居地直到1642年才建立起来。后来人们将Mount Royal命名这个地方，大有可能起源

城市里的花花草草

于此。此地迅速成为法国人与易洛魁人进行毛皮交易的主要市场。1701年法国与北美五大湖印第安40个部族的和平条约在蒙特利尔签订前，殖民地常常遭受袭击。随着毛皮贸易迅速发展，蒙特利尔逐渐成为法兰西帝国殖民基地和商业中心。人们至今还能在老城区见到那个时期的房屋。

皇家山公园建于1876年，由美国著名景观设计师欧姆思特负责设计。他设计过许多美国著名公园，包括纽约中央公园。

蒙特利尔市中心欣赏秋色枫红的最佳地点就是皇家山公园，山顶有一座高30米的十字架，非常醒目。晚上在彩色装饰灯泡衬托下，更显得亮丽耀眼，像是夜空中默默庇佑这个美丽城市的星辰。公园有一部分辟为墓地，一方方沉寂的墓碑整齐地立在地上，让人感到庄严平和，往生者最后的尊严得以保存。

蒙特利尔圣母大教堂是世界第二大、北美最大天主教堂，建成于1829年，位于旧城区中心地带。据说该教堂是参照法国巴黎圣母院样式建造的，所以被人们亲切地称呼为"小巴黎圣母院"。教堂正面矗立着两座高耸雄伟的塔楼，外形像极了哥特式风格的城堡。中间部分建造稍低，正上方是十字架，下方泛着金光的是圣母雕像。教堂门前，三

皇家山公园

扇呈尖拱式的大门庄严而又神秘。这里考究的装饰、精美的绘画和美丽的彩绘玻璃，无不记载蒙特尔市的重大事件。据说席琳·迪翁的婚礼就在这里举办。

　　秋天，既轰轰烈烈又给人神秘之感。接下来的行走，绿家园生态游会一起揭开这份神秘，分享这份火热。

枫叶大道从魁北克往西南经蒙特利尔、渥太华、多伦多，最后抵达尼亚加拉瀑布，总长达900公里

　　在加拿大看秋天，不能不去"枫叶大道"。该大道绵亘于安大略、魁北克两省，由40、417和407号公路串连而成。沿途穿越峡谷、河流、山峦和湖泊，红枫处处，景致非凡。每到10月，整个区域都被枫叶和变叶木染成一片红色，色彩绚烂得惊心动魄。枫叶大道的红叶有多少种？陪游的当地人小吕告诉我们，虽然人们都是冲着红叶来的，可是这满山火烧火燎的红叶到底有多少种，没有人说得出来。小吕说有27种之多。难怪颜色那么不同、层次那么丰富、错落那么有致。

　　我们沿着枫叶大道，来到圣劳伦斯河环绕的汤布雷山。一路让在加拿大生活20多年的小吕最"一惊一乍"的，就是被他称为千岛河的蜿蜒曲折的，镶嵌在红树、绿山、蓝天中的河。对河的眷恋，相识的、不相识的

加拿大枫叶

俯瞰圣劳伦斯河流域

波光粼粼的圣劳伦斯河

朋友那么相同，这是我常常深深感叹的。

圣劳伦斯河是北美洲中东部的大水系。其连接美国明尼苏达州圣路易河源头和加拿大东端通往大西洋的卡伯特海峡，流经北美内陆约4000公里。圣劳伦斯水系，对于美国、加拿大的地理环境和经济都非常重要。

我们在圣劳伦斯河畔看山，看枫叶，看弯弯曲曲的河。在大自然中，单看什么都有看不够的时候。如果同时把重峦叠嶂、枫叶正浓、河流泛着涟漪……这些美景放在一起去感受，去悠思，去想象，会是一种什么境界呢？

去"枫叶大道"吧，她正在那里描绘、诉说、感叹人与自然和谐奏出的乐章。她的旋律由一片片枫叶组成一个个音符，起起落落的浪花是欢快与铿锵的节奏。爱自然的人的哼鸣，则可随意而尽情地加入那悠扬的和声。

新老结合的完美城市

蒙特利尔是一座老城和新城结合得比较完美的城市。金融大道仿佛把你带到华尔街，而街上跑着的马车又把你拉回上个世纪甚至

蒙特利尔国际电影节所在的艺术中心，现代化火辣的色调

艺术家心目中傲慢的法国女人

艺术中心外的雕塑

人体雕塑

手的造型

英国绅士互相不屑的嘴，和广场中央树立的蒙特利尔市建立者雕像出现在一起，体现着城市多元化

教堂前是保罗·舒默迪·麦森诺夫雕像

两个世纪前。想亲身感受蒙特利尔六百年来的风风雨雨，老城区是必不可少的去处。那里不仅有市政厅，有这里最古老的教堂和博物馆，当然还有电影场景中经常出现的老街、石板街和马车。蒙特利尔兵器广场则见证这座城市几个世纪的兴衰起落。

圣母大教堂前，矗立着蒙特利尔市建立者保罗·舒默迪·麦森诺夫的雕像，用来纪念这位当年带领法国军队打败易洛魁人进攻的领袖。雕像是由路易斯·菲利普·赫伯特于 1895 年修建的。

与圣母大教堂相对的是一座英国新古典式建筑，即赫赫有名的蒙特利尔银行。广场东面是纽约人寿保险大厦，这是蒙特利尔第一座摩天大楼，建于 1888 年。与其紧邻的是建于 1929 年的 Aldred 大厦，建筑风格模仿纽约的帝国大厦。历经风风雨雨的兵器广场，四周不同时期、不同风格的建筑，除了它们自身在蒙特利尔历史上不可替代的地位外，也成为老城几个世纪繁荣辉煌的见证。无论是精巧细致、优美华丽，还是雄伟壮观、气势磅礴，每一栋建筑设计都是精美的艺术品，令人百看不厌，赞叹不已，得到无限美的享受。

这里各种文化活动或艺术节日，至今不但是北美之最，甚至还吸引世界各地爱好者。

蒙特利尔市旗图案花雕

每年总有超过百万的爵士乐迷涌入该市，聆听一千多个乐团的表演。每到8月，还有著名的蒙特利尔国际电影节。此外是各式各样的节日：啤酒节、另类电影节、法国音乐节、国际美食节等。来者漫步街头，会被闪烁、跳跃、变幻、翻移的光芒所迷惑，晕眩。

蒙特利尔市旗中间是个大大的红十字。这个红十字代表英格兰的圣乔治旗，表示英格兰人在此的统治地位。十字的四个角上是四朵花，分别代表蒙特利尔早期四个主体民族。

左上角的鸢尾花代表法国人，法国王室徽章上一般会有鸢尾花。周杰伦在《夜的第七章》里有句歌词"鸢尾花的徽章，微亮"，暗指福尔摩斯具有1/4的法国血统。右上角是代表英格兰人的红玫瑰，因为红玫瑰是英格兰兰开

老屋新树

斯特王朝的族徽；左下角的是象征苏格兰的蓟花；右下角的是代表爱尔兰的三叶草。

新版市旗加入代表原住民的松树，以便更好地反映这个城市的起源。从市旗就可以看出，蒙特利尔是一个多元文化、多种族相互融合的城市。

到蒙特利尔，应去的还有老港。当年法国人进入蒙特利尔，就是沿着圣劳伦斯河逆流而上，从老港这里登陆的。而后商船通航，大量人员、物资往来，这块"新法兰西"土地得以繁荣。

老港曾经是当之无愧的市中心。沿着石头路面的街道慢慢前行，就会看到早期的石头房子，高大的教堂，河边停靠着游艇，还有当年留下的码头工厂和铁路。蜿蜒的道路两旁有很多酒吧、饭店、纪念品店，每天都有很多来自世界各地的游人在这里漫步，从早到晚川流不息。一路走下来，一个城市的历史脉络润物无声般嵌入脑海之中。

我们今天走入老城，最先看到的是一个南瓜成了摆设的小摊。然后是当年总督夫人为了生计开辟的菜园子。让我们流连忘返的是那些老照片。站在前面，活活的像走在当年的老街道，或荡漾在圣劳伦斯河上，唱一首古老的船歌。

秋到魁北克

感恩节将至

万山红遍

山川大地层林尽染

　　每年一进入 10 月，魁北克市的山川大地层林尽染。赤红、紫红、粉红、橙红，放眼望去，满目皆赤。

　　家家户户门前屋后的大树小草，就如同被激情所燃烧，炽烈得让人感到它们的火热。

而这份激情，燃起人对大自然无尽的爱。在这漫山遍野的红色中，遍布魁北克市的果园挂满枝头的苹果红彤彤的，为秋色抹上了浓重的一笔。在一棵苹果树下，我们看到满地熟透了的落果，着实经不住它香甜的诱惑。

　　和美国不同，加拿大的感恩节在 10 月中旬，而这段时间正是魁北克秋色正浓的时节。

红叶似火

当地人说，与其坐在家中吃火鸡大餐，不如走入大自然，让自己融化在枫叶的红色之中。

魁北克省在加拿大10省中面积最大，著名的圣劳伦斯河主要流过魁北克省南部。该省84%的土地处于寒冷的北方，恶劣的环境非常不适于人类聚居，南部阿巴拉契亚山地的崇山峻岭也限制着人类发展。魁北克只有12%的土地，即圣劳伦斯低地范围内有人定居。但也就是这少少的12%，使魁北克在全国占据极为重要的地位。

为无边无际的森林环绕的魁北克人很懂得充分利用这一自然资源，在制浆造纸、森林再生及森林生态等领域发展举世公认的一技之长。水域覆盖魁北克近10%的领土，包括4500条河流，50万个湖泊，430个大型汇水盆地。我们今天看到的魁北克这片金灿灿，

和那里森林的覆盖，河流的纵横，人与自然的和谐相处，和当地人对家乡的呵护与关爱，谁能说不是息息相关呢？

魁北克市是加拿大第一座城市。1608年6月3日，法国人塞缪尔·尚普兰（Samuel de Champlain）第一个发现了这片土地，且按照当地土著语为其命名"魁北克"，意为"河流变窄的地方"。他在此建立殖民地，由此开始法国在加拿大地区的殖民统治（称为"新法兰西"）。尚普兰也因此被称为"新法兰西之父"。由于上述历史原因，魁北克在文化上显示着自己的重大特色——法国文化占统治地位。80%的人口为法国后裔，法语为官方语言。魁北克市位于圣劳伦斯谷地，整个城市坐落于圣劳伦斯河北边，控制水路入口，因而有"美洲直布罗陀"之称。

魁北克扼锁圣劳伦斯河咽喉，向来是深入美洲内陆的门户。英法为了争夺此地，先后打了几场战争。1690年，总督芳提纳克击退来犯英军，保住魁北克。在1759年的亚伯拉罕平原之役后，这里终于落入英国之手。此后，该市在英国统治下加强防御工事，建设成城墙围绕的坚固堡垒。这座城墙被完整保留下来，魁北克成为北美唯一保有城墙的城市。

在魁北克主要广场和河边，留有不少当年

大炮与妇孺

这是一幅大画

的大炮。我拍到大炮与孩子，大炮与跑步的人，还有老人与狗的小视频。我称这些为"战争与和平"。特别是大炮左邻右舍的小花、小草和人，让人更多地感受到硝烟消散后的宁静。

如今，魁北克市不但因地利之便，发展成加拿大重要海、陆运枢纽，同时也是魁北克省省会。这里有新旧城区之分：新城拥有现代化的高楼，宽阔的马路以及忙碌的商业活动；旧城街道狭窄曲折，典雅的屋宇依山而建，仍保有17、18世纪欧洲风貌，故被联合国教科文组织列为世界文化遗产——北美只有两个地方被列入。

旧城依地势分为上城和下城，上城建于河岸边悬崖上，魁北克市高达10多米的城墙就建在上城。建于岬角峭壁下的下城是魁北克最早发展商业的地区，街道狭窄，房子密集，有许多具有特色的法式酒吧、咖啡馆和餐厅。

作为北美第一个法国人进入和发展起来的城市，2008年法属各国政要在这里相聚。这样的殖民文化如何发展到今天，也是我们走在这片土地上之后深深的思考。

法兰西风味浓郁、历史悠久的文化名城

走在鹅卵石铺就的老城街道上，观赏着始建于17世纪的古老教堂和城堡，一种置身

秋色在海边

城市雕塑

街边的叶子

于历史的感觉油然而生。不过，在秋色正浓红红火火的日子里，魁北克满城燃烧着的激情，又把你拉回到今天。

魁北克老城占地 135 公顷，为城市总面积的 5%。最古老的城市核心集中在下城，皇家广场四周和圣母街两旁均为 17 和 18 世纪建筑。远望下城，房屋、仓库、商店层层叠叠，

商店层层叠叠，宛如一个庞大的迷宫

宛如庞大的迷宫。其中小尚普兰街的历史最为悠久，是商业广告、雕木招牌云集的场所。上城内突出的建筑是耶稣会士修道院（1625年）、清教徒修道院（1629年）、乌尔苏里纳派修道院（1624年）和神学院（1663年）。这些建筑虽经修缮，其古建筑部分仍存在。

站在城市最高处，近观，远望。在圣劳伦斯河的怀抱中，700余座古老民用及宗教建筑中，2%为17世纪作品，9%属于18世纪，另有43%建于19世纪上半叶。当时的魁北克城已具备现在的风貌。有人说，魁北克是北美堡垒式殖民城市的完美典范，同时又是近代美洲殖民化及其发展的关键地点之一。魁北克市也是北美最具欧洲色彩的城市。

魁北克老城大街有魁北克的香榭丽舍大

道之称。这条大街融合英、法两种文化，两侧不但可以找到典型的法兰西第二帝国时期风格的建筑如议会大厦，英国维多利亚时代古典式建筑也随处可见。佛朗提那克城堡旅馆建于公元1924年，美国总统罗斯福和英国首相丘吉尔曾在此会晤。它是魁北克古城标志性建筑。

由加拿大统计局与麦吉尔大学首次联合进行的一项调查研究显示，魁北克市居民寿

城市森林

灯光下的历史画

老城之夜

老街

画摊

命长、健康状况好，被评为加拿大最健康的城市。这里有着生动活泼的多元文化、良好的儿童健康体系和便宜的房租。低廉（5元）的入托费、18岁以下儿童贫困率在5%以下，让该市被评为加拿大培养孩子的最佳城市。

魁北克地区共有24所高等教育机构，在校生6.35万人。魁北克市有27个博物馆，有许多视觉艺术方面的艺术家从事绘画、雕塑、铜版画、摄影、动画和演出活动；还有高水平的交响乐团、培训中心、剧场、音乐学院、工艺学校和庞大的公共图书馆网络。这里更有魁北克冬季狂欢节、魁北克夏令艺术节、新法兰西节、文化艺术节等节日。

魁北克老城最著名的观光街道叫做小尚普兰街。在新法兰西时期，这里只是一个河边的小村。发展至今，已被誉为北美最古老

小街留影

的商业街，更被冠以"北美最古老的繁华街"称号。当地朋友小吕告诉我们，因为拾级而上的人惊讶于这条小街文化元素的丰富多样，往往不慎摔倒而摔坏了脖子。所以走在这里52级台阶上，常常会见到歪着脖子的人。当然这是当地人的一种幽默。

魁北克，这座1608年由法国移民建立的第一座城镇，绝大多数的居民是法裔加拿大人。过去的历史早已烟消云散，法国人在这里

远望芳堤娜城堡

不远处的圣劳伦斯河

落脚所留下的却没有走远。1995 年举行的全民公决投票决定魁北克是否脱离加拿大独立，结果反对票仅以不到百分之一的优势胜出。

芳堤娜城堡

　　2017 年 10 月 13 日一早，我们直奔芳堤娜城堡。因有朋友发来在那拍的照片，说太

快到万圣节的气氛让南瓜成了主打

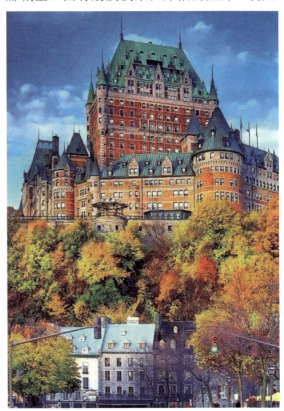

朋友发来的芳堤娜城堡图片

被当地人认为是世界上被拍照最多的酒店

搞怪雕塑

值得拍下来慢慢欣赏。芳堤娜城堡也称芳堤娜古堡酒店，坐落在魁北克市圣劳伦斯河北岸，是加拿大太平洋铁路公司建于19世纪末的一系列古堡大饭店之一。城堡由建筑师Bruce Price设计，落成于1893年。

芳堤娜城堡酒店在加拿大还有一个"之

"最"，就是在那里自杀的人最多。我问为什么，小吕说，因为有人认为死也要挑个最美的地方。1929年美国经济大萧条时，一些华尔街大亨也把结束自己生命的地方选在这里。当然，关于这点我并没有找到正式报道。

今天小吕告诉我们的，还有一点被记住了。他说，魁北克原住民不管认识不认识，离你还有500米，脸上就带上微笑，走近后一定要说句你好。可是外来人越来越多后，见面就问好的习惯反而让人引起警惕，原住

绿叶红果

民只好也不问了。

魁北克市真是在圣劳伦斯河边"长大"的，河上的奥尔良岛从1608年就向市民提供蔬菜、水果和枫糖。蒙特伦西瀑布是圣劳伦斯河边同样让人驻足的地方。特别是在金色的秋天。它位于魁北克市北方约1公里，是蒙

蒙特伦西瀑布

特伦西河从 83 米高的山壁垂直落下所形成。其高度是尼亚加拉瀑布的 1.5 倍，声势浩大，非常壮观。到了冬天，瀑布只剩下细细的一条，其余部分结冰，形成一道有如白玉的冰壁，时常有喜爱刺激的人到此攀爬。在瀑布旁沿着山壁建有阶梯，还有许多近距离的观瀑小径、凉亭、桥梁，可以让喜欢大自然的人更易感受到瀑布的壮观景色。在瀑布旁有一间典雅建筑，是隶属于瀑布的法式餐厅，供应美味法国料理及魁北克当地菜。

今天，我们还路过一个建在劳伦斯河边的造纸厂。这个岁数过百的造纸厂一百多年来采取严格环保措施，既没有污染空气，也没有给河流带去污水。当地人很以这样的造纸厂为骄傲。

今天看到的圣劳伦斯河最窄处只有 400 米，这也就是魁北克这个地名的意思"最窄

秋天的圣劳伦斯河

观鲸的好地方

的地方"的由来。我们看到最宽的地方则有10公里之阔。

圣劳伦斯河与海狼河汇集的地方是湿地，如果在落日时分，一定美不胜收。可惜我们没能等到太阳西下，看到的只是云彩映在水面上。海狼其实是当地人的误解，当年这里成群出现的动物是海豹。我们虽没看到海豹，但水面上一片一片的白色，如同水天一色中的云彩一朵又一朵。这里河边的房子，一栋栋，一家家，清晨有朝霞的照亮，傍晚有太阳的余光。人与自然，其中的关系，他们和我们的理解一样吗？这里也是圣劳伦斯河汇入大西洋的出海口，叫圣劳伦斯湾。网上介绍这里是观鲸鱼的好地方。

魁北克处处有风情，行走时让人羡慕，离开后回味无穷，真的超过来时想象。不但

如此，朋友小吕说，明天六小时的车上行程中，随处可见的都是美。

圣弗拉维海的加拿大版泰坦尼克

今天一出发就是阴天。阴天拍照可以让人有更多的想象，因为大自然这时藏着更多的秘密让我们去探索。

锈迹斑斑

与大海窃窃私语：把内心的情感倒出来

今天我们要看的是加拿大1914年沉船事件博物馆。这艘沉船被称为加拿大的泰坦尼克号，有1000多人在这次沉船事件中永远留在大海。阴沉沉的天似乎是在提醒我们，人类一定要对大自然抱以敬畏之情。

海边的艺术品，我们看到过很多。在魁

北克看到的，是一对父子在海边留下的他们的想象。那一个个雕塑，让我们猜想艺术家描绘的人在大海前所有的虔诚、深深的思考和对美的夸张。小吕告诉我们，这组圣弗拉维海边的艺术作品，从1986年到2002年五次获得加拿大旅游人为艺术大奖。

这里的海边，除了人为的雕塑，还有躺在地下的一棵棵大树。静下来发现，它们好像也在向海诉说着什么。千万年了，它们的心里话还没说完吗？这些已成为化石的大树如此的多情，让我们不能不感慨，艺术家在和它们交谈后的创作灵感是多么丰富。

今天的路上雨越下越大。我们人类在大自然中常常有很多贪婪。这些贪婪有对大自

雨过天晴

然的索取，也有对大自然的看也看不够，夸也夸不完。希望能见到它们的更美，探索它们更多的奥秘。

虽然我们说，阴天可以让思绪更加畅游在想象中，可是沿着海岸线走，如果有蓝天白云，红叶会不会更加妖娆？这依然是内心悄悄的期盼。不知是大自然对人的内心真的有窥视之神力，还是我们的期盼让它也为之感动，竟把蓝天的笑脸给我们的那么突然。一道彩虹结束海边时的大雨，阳光一下子要多灿烂就有多灿烂。常常感叹在我们的行走中，真是要啥有啥！老天爷给予我们太多太多眷顾，这难道还能不让人把心奉献出来？太多的照片、太多的想象、太多的情感，一篇小文不足以呈现。

千万年的诉说

海上彩虹

美的追踪者

佛罗伦国家公园

经历阴天、大雨、彩虹、秋高气爽之后，我们来到佛罗伦国家公园。一路上的风景，让这群中午喝了咖啡的人疑惑这兴奋是来自咖啡因，还是内心对自然的激动？为了追赶太阳，在很多很多我们大呼小叫的美景前都不敢长留，为的是去拍岩石、海边和有黑熊同在的夕阳。总之，大家在大自然中疯掉了。突然，一头大麋鹿竟然就站在车窗前！惊呆的我拿着相机的手忘了按快门。

佛罗伦国家公园

佛罗伦国家公园位于魁北克省加斯佩半岛外围，面积大约 244 平方公里。公园创建于 1970 年，是魁北克第一个国家公园。公园囊括加斯佩半岛上、阿巴拉契山脉东端最优美的森林、海岸、盐沼、沙丘和悬崖，以及种类繁多的海鸟、鲸、海豹、黑熊、麋鹿以及其他林地动物。"佛罗伦"是指园中极具特色的海蚀柱和鲜花盛开的小岛，但不幸的是这些景色都慢慢地被海水所淹没。

佛罗伦国家公园是探索岩层形成过程的绝佳地点。在这里，地质学家可以看到一个异常现象：十个独立又清晰可见的地质结构并列在一个狭窄的地带中。这些地质结构来自三个不同时期的海洋沉积物：奥陶纪（5

亿年前）、志留纪（450亿年前至5亿年前）和泥盆纪（345亿年前至4.5亿年前）。

佛罗伦国家公园中的岩石结构有着悠久的历史，见证地壳运动，并促成阿巴拉契亚山脉诞生。在石灰岩和砂岩地层发现的化石，更是有着让人惊叹不已的特点，这些特点可以帮助地质学家确定岩石的相对年龄、地球生命形式出现的序列，以及这些生命形式存在时的气候条件。

种类繁多的海鸟是佛罗伦国家公园最大的看点之一。每年春季迁徙的时候，圣劳伦斯湾和加斯佩湾丰富的食物和繁殖地吸引数以万计的双冠鸬鹚、黑海鸽、海鸥、海雀和黑腿三趾鸥。面向大海的悬崖上栖息着密密麻麻的海鸟，最常见的便是黑腿三趾鸥。海鸟、鲸鱼、海豹、北美黑熊、驼鹿是这里的常客，

叶路

海边森林

海中倒影

北美黑熊

为环境优雅的国家公园增添不少生机和活力。

佛罗伦国家公园，无论是晴朗的日子，还是云雾迷蒙的雨天，都呈现出让人赏心悦目的五彩景观。有人甚至认为这里是加拿大最壮丽的国家公园。我们没有看全那么奇特的地貌，但秋色正浓的茂密森林、连绵的海岸线、汹涌澎湃的海浪、大片的盐沼、起伏的沙丘、陡峭的悬崖绝壁，这些多样的地貌，都给游客留下印象。

佛罗伦国家公园是徒步旅行者和自然爱好者的天堂。人们可以到圣奥尔巴山来一次徒步攀爬，领略广阔森林的秀丽风光以及波光粼粼的壮观海景。

一群成年人，一群热爱大自然的人，在大自然面前会大叫，这是为什么呢？看了这些照片，你或许只是默默地叫好。但是如果不压抑自己对自然美的欣赏和渴望，就和我们一起叫吧！这应该是我们人类发自内心的对大自然的赞美。

加拿大的天涯海角

我们这几天沿着圣劳伦斯河和圣劳伦斯河海湾走，一直走到加拿大的天涯海角。加拿大本土最东方是加斯佩半岛，在印第安米克马克语中就是"陆地的尽头"的意思。

加斯佩半岛周围相伴的是美丽的圣劳伦斯河和壮丽的大西洋。在加拿大历史上，加斯佩有着极为重要的历史意义。1534年，维京海盗后裔、法国人杰基斯·卡蒂尔率法国船队抵达这里，竖起一根十字架，上面刻上"国王万岁"。这是欧洲人第一次登陆这块新大陆，开始做皮毛贸易。1545年杰基斯第二次登陆，一言不合就绑架当地土著首领和他的两个儿子。第三次登陆后，杰基斯定居魁北克。不过，这里的寒冷让杰克带来的欧洲人有不少没能度过严冬。

路遇原住民　　　哥俩好：绿家园生态游成员与原住民

加拿大原住民指的是印第安人、因纽特人以及梅蒂斯人。殖民主义者不仅大量杀害原住民，将其赶进所谓"保留地"，还强迫原住民子女从小进"寄宿学校"，借以根除原住民民族文化，同时以欧洲文化同化之。

同化措施被实践证明是一种失败，在加拿大民族史上也是一种耻辱。此举并没有使原住民被欧洲文化所同化，反而使他们在身心等方面留下巨大的创伤。甚至到今天，针对原住民尤其是原住民女性的暴力犯罪仍在继续。为了自己的土地和人权，原住民从来就没有停止过奋斗和抗争。虽然奋争带来的成果很卑微，但是一个拥有更大的自治权的新原住民族一定会应运而生。

加拿大魁北克加斯佩半岛是龙虾的故乡、三文鱼聚集地。这里有世界上著名的观鲸地，有北美最大的鸟岛，有几乎成为加拿大旅游标志的珀斯巨石；这里有碧蓝的海水、澄净的天空，有动植物保护完好的原初与寂静，更有淳朴清新的民风和犹如普罗旺斯一般的乡间美景。这里海滨一带及岛上大部分地区，包括加斯佩西省立公园，都已划入国家自然保护区。

荒野

明天要去看它

云宴

魁北克最美丽的村庄之——"被刺穿的石头"

今天，我们的兴奋点最主要的就是在珀斯岩石。还有，在岸上，在海上，成千上万的爱情鸟让我们领会什么是鸟的王国。且听我慢慢说来。

这里的小岛被称为冒险岛，被我认为是鸟的天堂。岛上生活着 11 万对、28 万只、

29 种之多的水鸟。它们每年 4 月到 10 月生活在这里，10 月以后就飞向南方，比如美国波士顿、北卡罗来纳，还有古巴。有意思的是，来年它们返回时，还是成双成对的夫妻，都是原配，家也是老巢。这里是北方塘鹅最大栖息地，坐在船上，时不时可见塘鹅如利剑一般射入海中捕鱼。

海中巨石

鸟的天堂

相伴永远

雌雄成对，黑白两色的海豹在水里嬉戏

年塞缪尔·尚普兰（法国探险家、地理学家、魁北克市创立者）为其起了一个绰号叫"被刺透的岩石"。

巨石离岸仅 800 米，所以退潮之后步行走到巨石下面并不困难。它看上去像中国桂林的象鼻山，我们乘坐的快艇的船长认为像马在喝水。从海水中陡然升起的巨石已成为

澳大利亚的红石头阿尔斯岩是很多人都熟悉的，它躺在荒野中；加拿大也有一块大石头，不同的是它在海里。那就是在加拿大魁北克省加斯佩半岛圣劳伦斯河湾中的一块巨石，学名是"珀斯巨孔岩"，是一块 375 万年前由石灰石和页岩组成的巨石。巨石重 500 万吨，400 米长，90 米宽，88 米高。因右下角有一个 15 到 20 米高的拱形洞，1607

乡间

半岛标志性景点，吸引着热爱大自然的人们。沿蜿蜒曲折的海岸线的不同地点，都能远远看到该巨石；而且，不同的角度能看到效果迥异的景观；甚至远在加斯佩的佛里伦国家公园，也能看到它。

离开这块大石头，我们的车在大雨中前行。路过的小村庄里，有地地道道的土著米克马克人，也有街边每一个消防栓都画上不同卡通的小景。重要的还有，小吕说明天我们会有非常丰富的一天。

浮于波浪上的摇篮

2017年10月16日，我们登上爱德华王子岛之前，先到新布伦维斯科的虾乡。大西洋温暖的海水让这里成了龙虾喜欢的地方。整座城市巨大的龙虾雕塑和小房子前龙虾的

联邦大桥

标志，成了虾乡的一道风景。喜欢吃龙虾的朋友在这里当然不只是饱眼福，也可以在龙虾工厂吃到便宜的、刚刚捕上来后煮出来的龙虾。但是我们到的时间晚了，这里已是冬季，不是每天都能吃上了。

登上爱德华王子岛要经过联邦大桥。这座大桥，好长好长。过了桥，第一眼看到的是一车土豆。小吕告诉我们，这里的红土地非常适合土豆生长，所以麦当劳用的薯条很多来自这里。

爱德华王子岛是加拿大东部海洋三省之一。人口14万（2011年统计），面积5660平方公里。虽然二者都是全国最少，但却拥有全国最高的人口密度，达到24.47人／平方公里。该岛是全世界面积排名第104位（全加拿大第23位）的岛屿。

爱德华王子岛的命名源自爱德华·奥古斯都王子（英国维多利亚女王的父亲）。该省首府为夏洛特敦，南北长约255公里，东西宽6.4—54公里，有圣劳伦斯湾公园之称。海岸曲折深入，位于希尔斯堡湾北岸。

在车驶过长长的大桥时，小吕讲了加拿大的一则美丽传说：上帝把他创造的大地的一部分放在了波涛汹涌的大西洋中，生成这个美丽的小岛。当地原住居民印第安人称之

为"阿拜古威特",意即"浮于波浪上的摇篮"。

爱德华王子岛最初由探险家杰基斯·卡蒂尔于 1534 年沿海岸航行时发现，并命名为圣珍，原为印第安米克马克原住民居住的土地。17 世纪中叶，法国殖民者后裔阿卡迪亚人开始迁移至此。1763 年英法殖民战争结束，根据双方签订的《巴黎和约》，该岛归于英国并改名圣约翰岛，1798 年以乔治三世之子——"爱德华王子"重新命名。1873 年，这里成为加拿大的一个省。今天的爱德华王子岛，不仅农业、渔业和旅游业等传统行业在加拿大名列前茅，而且近些年还不断拓展航天业和生物科学等新领域。这儿的大学吸引着世界各地的年轻人。

爱德华岛居民多数是早期法国、苏格兰以及英格兰移民后裔。人口中 62% 为农村人口，是加拿大全国农村人口最多的一个省。今天让小吕十分不解和遗憾的是，150 周年国庆开始维修的古建还未开放，特别是省府。开始我们不是很明白，他为什么一定要让我们去看省政府？原来鲜为人知的是，省府夏洛特敦城竟是 1864 年为成立加拿大联邦而召开首次会议的古都，因而成为加拿大联邦发祥地。省议会厅建于 1847 年，仍保存着当年联邦之父会晤的房间。小吕说，在里面可以

看到一部电影，反映的正是加拿大精神的确立。在这里生活了 20 多年的小吕对加拿大精神的理解，当然和我们有着不同的感情。

爱德华王子岛由于土壤中含有大量的氧化铁，所以地面呈红褐色，土质肥沃，是农业发展的有利条件，以优质土豆和龙虾著称于世。岛上肥沃的农地被细柔的白色沙滩、小巧的海滨沙丘和陡峭的红色砂岩绝壁包围，东部和中部除了少部分丘陵地，其他地方的高度都不超过海平面 500 米。在这里，从海边开车到任何一个地方都不超过 15 分钟。

车在岛上的时候，我拍了很多小视频。岛上宁静的道路、麦浪起伏的农地、如诗如画的小渔村、白色墙面的教堂以及高耸在海边孤立的岩石上的灯塔，无不让身临其境的我感慨万千。多么希望也把这份宁静、这份如歌的慢板与远方的朋友一起分享。

充满活力的金色麦浪与绿色草皮

小吕建议,车里放放歌曲《橄榄树》吧。"不要问我从哪里来,我的故乡在远方。"那一刻,我们的思绪随着窗外的景色和车内的旋律一起徜徉,自然的美和人文的情怀一同印在了心里。

今天我们登上岛时,天阴阴的,没有蓝天,没有白云,也没有蓝天白云映衬下的大地的色彩。然而,阴阴的天空却给了我更多的灵感,更多的不是一览无余的想象。

红色悬崖

特别是在那荒芜诡谲的暗红色悬崖前,无疑是探险的好去处。沉沉的天空与不小的风中,站在红色的、被浪冲出形状的岸边看海,心情也在起伏着。

突然,一只海鸥站在红色的岩石上。这不能不让人想起高尔基的《海燕》。在翻卷着的、有声有色的波涛陪伴下,我们问自己,也问海鸥:要想看到别人看不到的景色,一

波涛相随

定会孤独,一定要坚持。对吗?

我们在路上屡屡看到的野生动物,在视频中与朋友们一起分享时也快乐着自己。重温西方一位学者说的话:当你越了解自然,你就越不会沉湎于过去,而是展望未来。

火红的狐狸

夜色中,突然远处的一道红线越来越长,越来越亮,久久地,久久地没有离去。这不是极光,是太阳下山以后重返大地放射出的光芒。有意思的是,车从远方开过来的时候,太阳反射的光,让车灯竟然有了非水中折射出来的倒影。只要留心,随处都是可以让我们探寻的奥秘。

日光与车灯

蒙格玛利与《绿山墙的安妮》

爱德华王子岛上曾经住着一位女士,名字叫蒙格玛利。她在 30 岁时创作的《绿山墙的安妮》出版后很快成为畅销书,一年中重印 6 次。千百万崇拜者的信如雪片般飞到爱德华王子岛她的家中,蒙格玛利由此而受世人瞩目。在马克·吐温鼓励下,她又创作另外七部关于安妮的小说,构成"安妮系列小说"。

至今,《绿山墙的安妮》被译成 100 多

小院

种语言出版,持续发行 5000 多万册,多次被改编成音乐剧、舞台剧,在加、美、英、法、德等国相继被搬上银幕或荧屏,是世界公认的文学经典。遗憾的是,这部作品在中国并没有引起太多关注。

今天,在灰蒙蒙的天色中,我们踏访岛上的绿山墙小屋。屋里的摆设还是书中描写

小屋

斗室

铁炉

如画之秋天

偷看

的那样，小小的房子里回味最多的就是当年人们生活着的"味道"：爱情小路、魔鬼森林……能做熏鱼、腊肉的四个火眼的大铁炉只要点起，炉火是不是还能很旺？

《绿山墙的安妮》是一部成长小说，从主人公安妮的成长经历中可以窥知作者超越所处时代的生态女性主义意识。作者认为，世界是一个多元化的共同体；人是自然的一个部分，与万物构成密不可分的生命之网，人应当平等地对待其他生物；人与人应该相互关爱、相互帮助。只有这样，人类才能摆脱面临的各种危机，获得幸福的人生，并建设成一个人与自然和谐共处的理想社会，一种"可以调节人与自然关系的自由社会"。

作者蒙格玛利投身写作时已嫁为人妇，在她的围裙口袋里总是有一个小本本，灵感乍现，立刻记录。在一次浏览小本本时，她发现这样一条消息，引发创作灵感："一对年迈的夫妇向孤儿院申请领养一个男孩，阴差阳错，一个女孩被送了过来。"正是这只言片语让蒙格玛利文兴大发，整合出第一本小说，这就是《绿山墙的安妮》。

19世纪末20世纪初，加拿大处于经济发展速度较慢的时期。爱德华王子岛是该国面积最小、人最少、人口密度最大的一省，

安妮的田园

小说中的阿冯利村是该岛上的一个小村庄，地处偏僻，交通极度不方便，村里的居民经济生活状况大都不理想。蒙格玛利用女性的笔触，描绘岛上安详和谐的田园生活与壮丽的海洋景观。从小说中，一方面可以看出，该岛生态环境好，未被污染；还能看出此地偏僻落后，外界物质文明的发展之风还未吹到小山村。在这样的背景下，当地民生结构的原生性几乎未受太大破坏。

我们在生活中追求平等，扬善抑恶也是心中向往。作为心理补偿，得不到的会在书中享受。得到的人呢？现实中的生活，理想中的情感，那是另一种境界！在我们的生活中有绿山墙小屋吗？倘若没有，能找到吗？

哈利法克斯——军港之夜

今天一大早，车又开到爱德华王子岛联邦大桥。就要离开这个美丽的岛屿了。风真大，但我们还是停下来，要再认真地拍一拍这座伟大的大桥。给我留下最深印象的是桥边工人雕塑，四周是一组一组的名单。这是建桥的 5000 名工人的名字，被一个个写在上面让

建设者雕塑

人们记住。尊重每一个劳动者，这在加拿大是人们极为重视的信条。

离开爱德华王子岛，就到了哈利法克斯。哈利法克斯能让我们中国人知道的是，这里是距离泰坦尼克号沉船最近的地方。一路上的秋色再次深深地感染着我们，加上蓝天白云的映衬，如同走在画里。

锦绣大地

瞭望塔

天路

礁石

人家

密密麻麻的海难

博物馆内

我们去了哈利法克斯市内著名的大西洋海洋博物馆，这里展出的是包括泰坦尼克号沉没、哈利法克斯大爆炸、加拿大海军战舰驻扎等历史事件及相关物品。逼真的模型、精美的图片和收集的部分实物，让游客身临其境，感受二百多年来惊心动魄的情景。

哈利法克斯是世界第二大自然深水港。一条狭长水道将内、外港连结一起，海湾两边遍布设备良好的深水码头，可泊各种巨轮和军舰。这里拥有加拿大最大的现代化集装箱码头，出口谷物、鱼品、木材、石膏等，进口原油、煤等。那么哈利法克斯大爆炸是怎么回事？1917年12月6日，是哈利法克斯居民刻骨铭心的日子。那天本是一个普普通通的清晨，港口码头照例一派繁忙，进进出出的大小船只是这个城市兴旺繁荣的动力。突然，满载5000吨弹药和炸药的法国军火船"蒙特－布兰克"号与比利时救援船在海湾相撞。要命的是，两船起火时，许多市民还涌到码头观看。谁知"蒙特－布兰克"号在燃烧后爆炸，腾起的烟柱高达3000米。刹那间，附近5平方公里的街区夷为平地，连远在百公里之外的小城特鲁罗（Truro）许多建筑的窗户都被震得粉碎。哈利法克斯全城有2000余人当场死亡，9000余人受伤。这是人类历史上最大的一次人造爆炸物的爆炸，以至在事故发生近百年后的今天，"哈利法克斯大爆炸"这个词仍深深印在人们的记忆当中。坚强的哈利法克斯人用了25年时间，才恢复当地昔日的繁华。

哈利法克斯军事设施众多，第二次世界大战期间曾是盟国在北大西洋的舰艇集结处和护航基地，现为加拿大大西洋舰队司令部

反映哈利法克斯大爆炸的画作

所在地和重要海军基地。城市中心区在海湾西侧一个小半岛上。小吕让我们想象一下，当年盟军战舰布满海面会是什么样子？

自从1749年哈利法克斯城堡建成，这里一直是大英帝国最重要的四个海外海军基地之一。为了保卫这座军港，自内而外修建了一系列防御工事，即哈利法克斯联合防御体系。现在的城堡建成于1856年，是第四次原址重建，该城堡则是北美最大的石头要塞之一。设计完美的防御壕沟、壁垒、步枪射击廊道、火药库及发信号用的桅杆等，足以使之成为19世纪军事防御工事的完美典范。

虽然历史上城堡从未被进攻过，但由于

战略位置重要，在 1906 年以前英国一直派兵驻扎。在两次大战期间，加拿大军队也一直驻防于此。19 世纪末 20 世纪初，城堡主要功能是作为军营驻地及指挥港口防御的联合指挥中心。二战爆发后，城堡成为向海外派遣军队的临时军营及哈利法利斯防空指挥中心。城堡成为那些奔赴海外献身沙场的勇士们对祖国的最后一瞥所向，以及那些得以生还的英雄最先看到的"祖国"所在。城堡内现有新斯科舍博物馆和兵器军械博物馆。

今天的哈利法克斯是新斯科舍省首府。市区人口 41.44 万，是加拿大大西洋地区主要经济中心，这里集中了大量的政府服务设施和私营企业，有达尔豪斯大学、圣玛丽大学、圣文森山大学等。

小吕一再和我们讲，这里的夏天非常漂亮。你们要是夏天来，会看到一个和今天的景致完全不同的哈利法克斯。这次看到路边有很多观景台，方便游客看到漂亮的风景。据说，每年夏季，哈利法克斯会承办有名的国际艺人节和国际文身节。

哈利法克斯海港，号称有世界最长的海边散步路。我们今天可没有时间漫步，乘坐水陆两栖船到古堡，再到大海，之后直接去追赶太阳。在加拿大的天涯海角，欣赏大西

水陆两栖船前的兄妹俩

夕阳的最后一瞥

云浪塔

洋的日落。虽然没有火烧云，但是太阳落到海里的一刹那，海浪拍打礁石溅起的浪，真大！

　　大西洋落日和浪花的相伴会到永远吗？不知为什么，离开大西洋海边时，我的脑海里突然涌出这样一个疑问。

泰坦尼克号逝者长眠之地

　　10 月 18 日，吃早饭时，天边像放光般的红了起来。它和一般的朝霞不同，很像极光，只是红光不闪动而已。空气清新的天空变幻起来真是意象无穷。本来在阿拉斯加的迪纳利可以看到北极光，可是天公不作美，下雨，下雨，下雨。有一天天放晴了，司机让我们先睡觉，他盯着，有希望就叫我们起来出发，到最有可能看到北极光的空地去。可是这一等就到了天亮。后来在卡尔加里，当地华人说，看北极光，运气好的话也不是没可能。真遗憾，

泰坦尼克逝者墓地

我们没能成为幸运者。但是此行一直有山、树、湖、云和冰川陪伴，又让我们一次次惊喜，一次次享受，一次次陶醉，一次次感叹。

泰坦尼克失事海域距离哈利法克斯有1000海里。在灰蒙的天色中，我们来凭吊葬有121位泰坦尼克号逝者的墓地。小吕告诉我们，最近为这些逝者重新做了DNA。在一个小女孩的DNA检测中发现，她的妈妈就埋在她的旁边，真是上天的安排呀！这里留下了太多的故事，这里大多数的墓碑上没有名字，有一个有，他是一位救了很多三等舱乘客的船员。在一个放着一张小男孩照片的墓碑前放着好几个绒绒的小熊，人们是希望他在天国也有玩具玩吧。

走在乡间的小路上

离开哈利法克斯，我们到了新不伦瑞克省。这里是加拿大少数几个英、法语并用的省份之一。省会弗雷德里克顿和海港城市圣约翰是该省的两个重要城市。弗雷德里克顿

人口50多万，是全省政治、文化中心。圣约翰是加拿大开发得最早的城市之一，是大西洋沿岸重要港口，冬季常浓雾弥漫，素有"雾都"之称。此地冬季寒冷，全年降雪量为100英寸，温度介于-34℃和32℃之间。南部的方迪湾捕鱼业发达，盛产龙虾。

小吕带我们去的地方被他称为百鸟园，在一所大学旁边。走进湿地前，先看到一群年轻人，脸上青春的气息简直是扑面而来。有鸟的地方一定有树、有水。加拿大的原始森林以其久远的历史、奇特的形态和珍稀的动植物物种受到探险爱好者的青睐，而其濒临消失的状态也得到更多人，甚至联合国教科文组织的关注。

或许是天冷了，今天这里鸟并不多。但阳光下，微风中，红黄叶子争相斗艳。白桦树的白、铺满落叶的小路上的黄、间或树上一枝透着亮亮光的小红豆的红，让大自然显得既开放又神秘，既宁静又热闹。

从河流水系看，加拿大湿地可以说是世界上物种最丰富的湿地之一。依据《湿地公约》定义：湿地是指天然的或人工的、永久的或暂时的沼泽地、泥炭地及水域地带。带有静止的或流动的淡水、半咸水及咸水水体，包含低潮时水深不超过6米的海域。包括河

在这里晨练

鸭子会和云朵对话吗

流、湖泊、沼泽、近海与海岸等自然湿地，以及水库、稻田等人工湿地。加拿大有37处国际重要湿地，湿地类型多样，几乎拥有《湿地公约》提的所有湿地类型，并拥有独特的高寒湿地，近海与海岸湿地尤为丰富。加拿大三面环海，西抵太平洋、东迄大西洋、北至北冰洋，是世界上海岸线最长的国家，达24万公里，凸显这里海洋生物的多样性。

今天天空有一朵一朵的云，这让地面、水中有了阴晴圆缺。水中成双成对的鸭子会和天空中的云朵对话吗？这是我脑子里突然闪过的念头。还有微风中摇曳的芦苇，它们也想要加入这场空中与地面的对话吗？

要是有时间在这里住上十天半个月，听听大自然的倾诉，听听大自然中的对话，那该是多么有意思而惬意的一件事呀。慢生活

黑云与白水的近距离接触

向"上"滑行;"下"坡时,却需要将发动车辆加大油门才行。这一神奇的现象吸引世界游客来体验。其实,这哪里是什么磁力的能给人带来什么?这似乎也是生态游的一个思考。可是接下来我们还要去追赶太阳。要看的是一片潮涨潮落有 16 米之距,也被称为千奇百怪海滩的地方。

"中心之城"蒙克顿

蒙克顿方迪海湾在世界上的知名度很高,因为那里有千奇百怪的被海水冲刷出来的"雕塑",让人们有太多的想象。为赶在太阳落下前到达,我们一路狂奔。

由于处于加拿大海洋省份中心地带,蒙克顿被誉为"中心之城",为新不伦瑞克省的第二大城市,仅次于圣约翰。这里艺术气息浓郁,充满生机和活力。

磁力山是该市最知名的旅游目的地,被西方称为世界新十大奇迹之一。在这里,车辆切换到空挡,放开刹车,汽车就自动开始

五彩树

新不伦瑞克蒙克顿的水天一色

磁力山

体验世界新十大奇迹之一

魔力，只是视觉错位而已。

在路上时，小科迪亚克河上的一座拦河大坝让小吕发了牢骚。他说，以前海水涨水时几乎像钱塘江大潮，但是 20 世纪 70 年代修了大坝，当地人只有躺着才能看到潮头。小吕有一次碰到一位 81 岁的优雅老妇人售货员，满头银发，和蔼可亲的老太太跟小吕说：新不伦瑞克的人民并不富裕，但是我们的家一定要窗明几净，前后院子里种上花，心里就很满足。小吕说这些的时候充满了感动和崇拜之情。因为在他看来，这也是一种生活的哲理。

方迪海湾有一小部分与美国缅因州接壤。1605 年春天，当时法国将领尚普兰带领的 81 个殖民者在这里冻死，可见那儿的寒冷。方迪海湾的知名是由于其落潮时落差是世界上最大的，约 46 英尺高。

潮汐是由于月亮和太阳作用在地球上的潮汐力而形成的一种海洋表面循环性升高和降落的运动。潮汐可以引起海洋深度变化，并产生震荡波音和潮汐波。我们来到方迪海

退潮以后

海边入口处

石脸

湾的潮汐公园是下午 5 点多，当时是退潮。
这一天的 18：45 是海水最低潮的时候，但是
退潮的时间是不一样的，每天大约相差一个

小时。如果我们下个星期再来，18：45 就会是海水最高潮的时候。

由于是退潮，海水已经退得很远。岸边的岩石下看到露出水面的海底，还有许多土红色的巨大柱子。海边入口处醒目注明每天满潮的时间，告诫大家在那一时刻要上来，以免被困在海底。海边岩石上还有长长的绿色的绳子，如果来不及跑上来，这个绳子是可以救命的，因为它标识着海潮的最高位并告诉你怎么躲过。当地土著米克马克人有这样一个传说：上帝想洗澡，让河鲤精筑一个澡盆。可是澡盆里面有一条大鲸鱼给困住了，于是求上帝打开澡盆。现在每天两次的潮涨潮落，就是鲸鱼在摆尾巴试图冲出去。

海边有各种姿势的石雕。看到过大自然这

被小贝壳海草披上厚厚外衣的石柱

千奇百怪的石柱

石脚

仰视

一奇观的朋友这样描绘："那些满潮时的小岛都变成了巨大的铁锈红色的参天大柱，柱顶上长着绿色植物，非常壮观。海水变成灰蓝色，退得远远的。顺着小梯下到了大西洋海底，除了大大小小的卵形岩石以外，就是被小贝壳海草披上厚厚外衣的参天大岩柱子。"

这些岩柱子千奇百怪，各式各样，都是几百年、几千年，甚至几亿年来海水的涨潮、退潮冲刷出来的自然雕塑！太壮观了。在那里，会突然感到人的力量变得那么渺小，人也变得那么小。此时我怀疑：真正的宇宙之外也许会有人以外的其他生物。

一条要啥有啥的好河

10月19日一大早，我们看到世界河流第七大奇观——倒流河，也有人把这里叫做倒流瀑布。这条河就在加拿大新不伦瑞克省圣约翰市。今天更让我记住的，是当地土著米克马克人对圣约翰河称谓的解释：一条要啥有啥的好河。住在河边上的人，对河流有如此深刻的理解，真是大自然教会我们的东西，需要认真学习和领会呀！当然这可真有漫长的路要走啊！倒流瀑布，今天看来已经没有了，那是很久以前看到的景观。这里是英国殖民者最早登陆加拿大的地方。

倒流河是海水与河水的汇合点。因为方迪海湾潮汐落差非常大，所以涨潮时海水平面高过河水，海水倒灌流进河里；退潮时海平面又低于河水，河水就顺流到海里。这种海水、河水因涨落潮而定期改变流向的现象，的确是非常有意思的。这样的落差，源于方迪海湾潮水的高落差和这个河口的特殊地形。

太阳最后下山的那一刻

倒流河

海水与河水"对抗""热吻"

倒流河在倒流

小吕告诉我们，这样的海水与河水相互"对抗""热吻"的场面，最远可达 7 公里之外，可想其壮观。

我们今天能看到的水还是很急的。小吕说：你们可以站在桥边想象一下涨潮时水位上涨水量加大时的景色。在这世界河流第七

大奇迹边，小吕讲了一个凄美的故事：19 世纪，有一位少女在这里殉情。她跳下去的时候，因为海水的比重大于淡水，河水和海水两水相交时会有片刻空间，姑娘又穿着 19 世纪的大裙子，因此没有沉下去。在海水与河水还没有汇在一起的瞬间，一位年轻人奋勇地跳下去把她救了起来。第二年两人结婚了。

曾经的倒流河

大自然中的美与悲伤常常是在一起发生的。只不过有的时候悲伤让美褪去了姿色，有的时候美战胜了悲伤。这才有世界上那么多的小说、画卷、音乐的素材。

从圣约翰市到蒙特利尔，车程是九个小时。虽然不能有太多的停留，但是这一路上的美景让我们有时间、有空间细细地想一想当地土著的那句话：一条要啥有啥的好河。如果反过来想，一条要啥有啥的河如果让我们人类糟蹋了，那是不是就可以说要啥没啥了呢？

秋天的河水

浪吻

走进新不伦瑞克省省议会大厅

10月19日要去的是新不伦瑞克省。路上的风景让我们停了好几次车。到达新不伦瑞克省，走进了省议会大厅。据说下个星期二这里将召开隆重的省议会会议，到那个时候，外面要放礼炮，还会有一排排士兵列队行进。

廊桥

省议会大楼

走进政府工作的地方，要出示护照等证明身份的证件，还要像上飞机一样经过安检。不过什么人都可以进，表明这里的开放。下周就要开大会了，这里正在进行准备工作。

这位警卫极为热情认真地向我们介绍着这里的设施和故事。知道我在中国关注保护大江大河后，在介绍州议员时还特别说，这里也有一个绿党的席位。

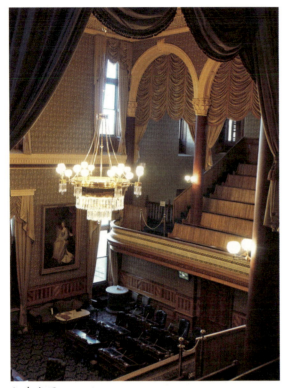

议会大厅

曾经当过皇家骑兵队的骑兵在这里当警卫

开会的地方

图书馆里的读者

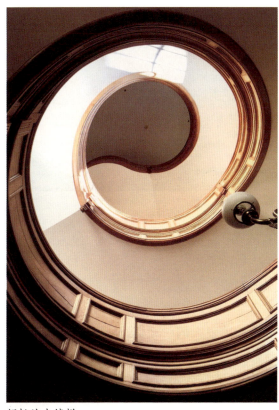

横穿加拿大——对"好河"的思考

樱桃纯木楼梯

秋水

裕、经济最发达的国家之一。加拿大在教育、政府的透明度、社会自由度、生活品质及经济自由的国际排名都名列前茅。小吕说：一个城市，如果考察它的状态，从人们的脸上就可以看出来。在这里，连送报纸的小伙子脸上都挂着笑容。而有些城市，你看到人脸上都阴云密布。

加拿大主要河流有圣劳伦斯河、马更些河、育空河、哥伦比亚河、纳尔逊河和渥太华河等。其中马更些河是第一长河，全长4241公里，仅次于密西西比河，属于北冰洋水系。圣劳伦斯河是五大湖和大西洋之间的航运通道，全长1287公里，是径流量最大的河流，仅次于密西西比河。

当年的皇家骑兵知道我大学学的是图书馆系，又特别向我们介绍了图书馆和一个樱桃纯木手工没有一颗钉子制作的楼梯。他很自豪地说：这在北美可也是独一份呢。

加拿大是高度发达的资本主义国家，得益于丰富的自然资源和高度发达的科技，使其成为世界上拥有最高生活品质、社会最富

今天近10个小时的车程，让我们好好领略加拿大森林、河流与湖泊。秋色中的森林

家在画中

廊桥

在道路两旁鲜艳夺目，河流在金色的树叶后如蓝宝石一般闪光。加拿大最大的廊桥边的人家，又让我有了一次那里的人住在画中的感觉。而今天的晚霞和云，仿佛是流成了河。

什么是美？什么是大美？什么是人与自然的和谐相处？小吕告诉我们的土著对圣约翰这条河命名的含义——一条好河，要啥有啥——真是让人越想，想出来的越多。

云河

首都渥太华印象

穿行加拿大东部十几天后，终于来到首都渥太华。渥这个字平时很少用，字典上的意思是沾水边的地方。"渥太华"这个名称来自印第安人阿尔冈昆语 adawe，意为"贸易"。1800 年，西方人来到这里并建立居民点。

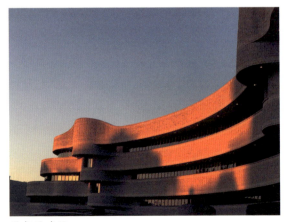

首都的建筑

渥太华河畔

现在渥太华已发展成为加拿大政治和工业技术中心，一个具有多元文化、高水准生活水平、低失业率的国际大都市。

为原住民塑像

17世纪以前，印第安人有很多民族、部落在这片平和宁静的土地上狩猎捕鱼，刀耕火种，共享53种语言。后来，殖民者把土著人的孩子强制送入寄宿学校，逼其脱离土著文化，学习白人文化。2008年，加拿大总理正式向土著人道歉。2017年，政府拿出8500万加元作为对幸存土著人的赔偿。生活在渥太华的北京朋友李波告诉我们，现在加拿大无论开什么会议，有一句话是一定要说的，那就是向当地的土著人致以敬意。

加拿大历史文明博物馆内景

加拿大历史文明博物馆介绍横越千年的北美人文历史，大手笔地重建当时的传统建筑。该馆始建于1856年，最初用于展示加拿大的地理变迁。除了介绍地质地貌的变化，还展示当地生物种群的迁徙演变以及人类学上的历史发展与演变。博物馆成立于蒙特利尔，1881年搬到渥太华。1910年，博物馆新成立人类学研究部门。1910年，搬到位于渥太华市中心Metcalfe大街，坐落于全新的维多利亚纪念博物馆大楼。当时加拿大国家美术馆也在同一个建筑里，占了其中一层，因此整个空间很拥挤。1968 年，博物馆分成两个部分，即自然博物馆和人文博物馆，但还是挤在同一个地方。1982 年，人文博物馆迁到赫尔城，自此，历史文明博物馆有了独立空间。现在馆内有全球最大的室内图腾展、土著居民第一民族大礼堂和立体宽银幕电影院，还包括两座小博物馆：加拿大邮政博物馆、加拿大儿童博物馆。

木雕

原住民用具

原住民展厅入口

要想深入地了解加拿大的发展经历，历史文明博物馆是个好地方。馆内一楼展览原居民的生活文化考证，四楼展览欧洲移民开拓加拿大的历史。大量的历史资料，配以实物的摆放和陈设，还有影音介绍，使参观者可作亲身感受和近距离观察。落地的玻璃大幕墙，不仅把渥太华河畔的风景和阳光融汇

同舟共济

这座雕塑的创作自白是:女人可以生出正常的孩子,也会从腋下生出魔鬼。这当然引起一些女权主义者抗议

成一幅巨大的油画,而且是欣赏对岸的绝妙之地。

文化城市渥太华

10月20日,离开加拿大的原野,来到加拿大的都市。但在加拿大,城市和乡村区别并不大。城市里,一片片绿色在秋风中慢

渥太华的河

渥太华的路

慢变换着颜色。在乡村，那些古老的房子争相透着优雅。

水上小木屋

渥太华核心地带

渥太华地处北美大陆中部，纬度较高，蒸发小，气候湿润，河流流量较大；流域范围内生态环境较好，植被覆盖率高，河流含沙量小；河流沿岸有众多湖泊的调节作用，流量较稳定；纬度高，有结冰期；河流自低纬向高纬流动，初冬和初春有凌汛现象等。渥太华处于大湖－圣劳伦斯林区，是加拿大第二大林区，约占全国森林面积的 6.5%。该林区以混交林为主，主要树种有东方白松、红松、东方铁杉、黄桦、糖槭、红槭和红橡等。渥太华坐落在三条河流交汇处，分别是渥太华河、加蒂诺河和里多河，水力资源较为丰富。渥太华河在市内由西向东湍流而过，将整个城市南北分开。全长 202 公里的里多运河由北至南穿越渥太华市区，延伸至金斯顿。

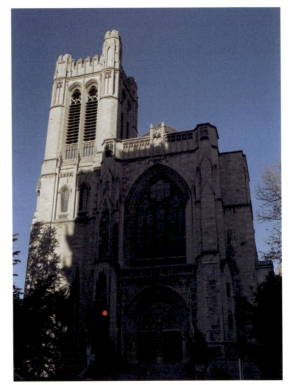

教堂

国家画廊

街头雕塑

有原住民风格的服饰

　　渥太华是一个文化城市，处处充满浓厚的文化气息。市内有国家艺术中心、国家博物馆、国家画廊、国家人类博物馆、国家自然博物馆、国家科技博物馆、国家集邮博物馆、国家航空展览馆等30个博物馆和50个堪称世界一流的艺术馆及剧院。每年夏季，这里举办国际室内音乐节、国际爵士乐音乐节和思科蓝调音乐节等文化盛会，是名副其实的文化殿堂。国家艺术中心拥有一个歌剧院和三个剧院，拥有世界知名的交响乐团，常年上演各类舞蹈、英法语戏剧、音乐和多种文艺节目。建于1913年的国家画廊，收藏着多位古代、近代和现代艺术大师的绘画、雕塑和木刻。

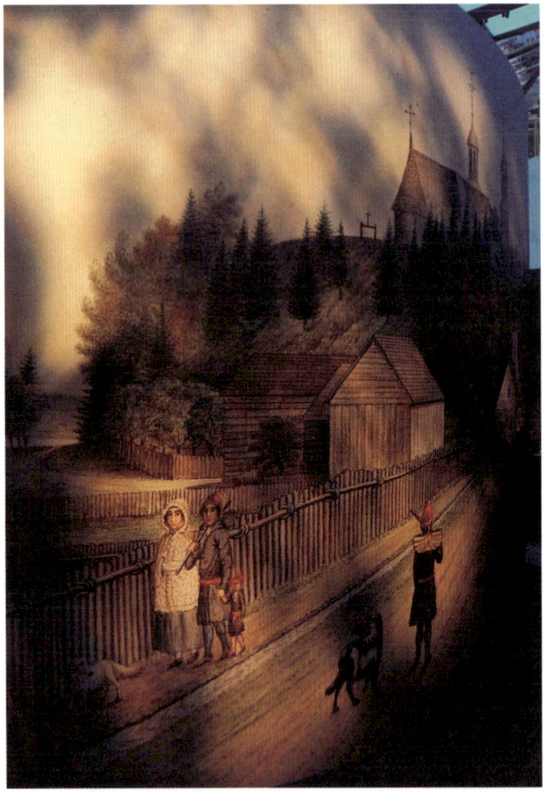

似乎是美术展览海报

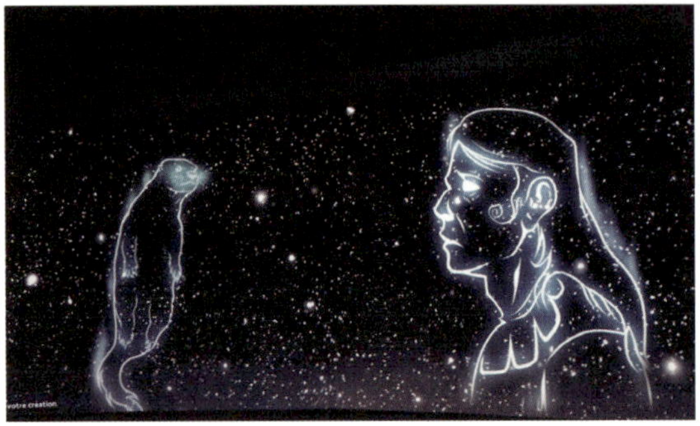

对话

国家美术馆是加拿大的文化瑰宝，是一座独特的玻璃建筑。它是加拿大艺术文化的珍藏库，文艺复兴时期的著名艺术家和世界一流艺术家的作品在此展出和珍藏。

已有百年历史的加拿大自然博物馆有着丰富馆藏。博物馆建筑原是典型的哥特式风格古堡，经过修整，原主体建筑前的石头塔楼被改为全透明玻璃结构。馆内各层以楼梯为“界”，对称分布不同展厅，包括永久展厅和特展展厅。永久展馆有海洋馆、地球馆、化石馆、哺乳动物馆、鸟类馆和昆虫馆等，走进去可以了解天文、地理、生物、历史等丰富的知识。

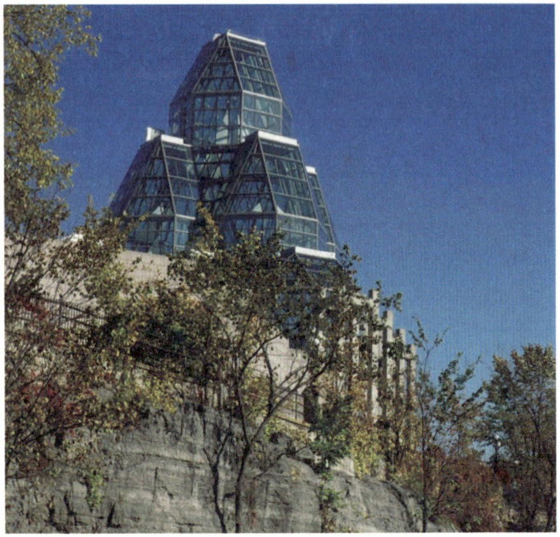

博物馆

国家科技博物馆是为庆祝建国100周年而建造的。在这里，人们可以爬上19世纪古老的火车头，进入阿波罗登月舱；可以对着天文望远镜，观察宇宙的奥秘；也可以坐在电影厅里，观看江河湖泊、风雨雷电的运动方式和日月星辰、春夏秋冬的演变规律。

在渥太华，街头的几座雕塑吸引了我们，其中一组是五位妇女在看书、聊天儿、喝茶。当年议会里没有妇女的席位，这五位勇敢的妇女用自己的声音和行动争取妇女权益。她们的口号是：妇女也是人。1929年，她们不仅争取到选举权利，而且还成功拥有在加拿大议员中的席位。在她们的影响下，加拿大各地区议会都增加了很多妇女席位。加拿大真正实现男女平等，这成为该国社会进步的里程碑。

先驱者

五位妇女的雕塑

在渥太华河边，还有一位优雅的妇女的雕塑，她也是加拿大人心目中的女英雄。小吕给我们讲了她的故事。那是1813年，美加战争如火如荼进行。美国军队占领了劳拉的家乡哈姆斯代德。当时劳拉的工作就是照顾她受伤的英军丈夫。美国将领并没有把女人当回事儿，当着劳拉的面部署入侵计划。劳拉照顾完丈夫以后，趁夜色悄悄穿行在荆棘丛生的小路上。脚上磨出了血泡，鞋子也磨烂了。她不顾一切，把这个消息传递给32公里以外的英军营地。最终英军和当地土著联盟一起，选在河狸筑的水坝处拦截美国侵略军，成功保卫英国在尼亚加拉大瀑布的土地主权。在加拿大100名杰出人物中，劳拉排名第35位。河边的这座雕塑，让我们对这位女士肃然起敬。让人大饱眼福的渥太华能给人的东西真多，令人回味，思考的就更多了。

浩淼壮阔

劳拉塑像

游览国会大厦不虚此行

加拿大国会大厦是渥太华最著名的标志建筑，大厦矗立于国会山麓，俯视渥太华河。构成国会大厦的三个哥特式建筑是加拿大政府

国会大厦和平塔

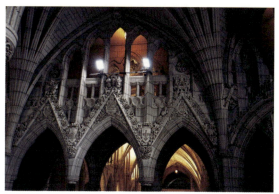

国会大厦内景

所在地，也是加拿大最具影响力的国家标志。

坐落在渥太华河畔国会山的国会大厦是一片意大利哥特式建筑群，中央有陈设着加拿大各省标志的大厅和一个高 88.7 米的和平塔。塔的左右分别是众议院和参议院。和平塔是国会大厦中最高的建筑，包括一座 4.88 米的四面钟以及 53 个铃铛组成的定期演奏的钟琴。其后是国会图书馆。国会山正南沿着里多运河的联邦广场中央，耸立着国内战争纪念碑。

国会大厦建于 1859-1865 年。1916 年 2 月 3 日，一位议员在大厦阅览室里边看报纸边抽雪茄，大火就从阅览室蔓延起来，烧死了 7 个人。原来国会大厦中间的建筑毁于大火。之后新的国会大厦又在原地按照同样的样式重建，并于 1922 年完工。大火燃烧的时候，图书馆管理员及时把议会大厦里精美博大的图书馆铁门关了起来，所以图书馆得以保存。

若有天堂，必是书房——这是西方一位哲人的话。今天的国会大厦图书馆让我们同行的所有人都感慨，一定是这辈子看到的最精美图书馆之一。在国会大厦参议院的大厅

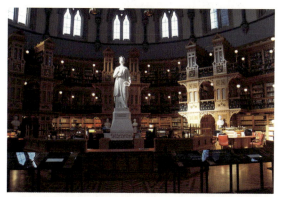

国会大厦里的图书馆

图书馆一角

国会大厦会议厅

里两面墙挂着八幅油画。这八幅油画描绘的都是第一次世界大战的战争场面和战后废墟。

国会大厦中央区是参、众两院。在庄严肃穆的圆形大厅里，有威严的英国女王维多利亚的大理石雕像，周围是早期历届总理雕像；在东大厅里还有按原型重建的首任总理约翰·亚历山大·麦克唐纳的办公室，一并

加拿大国父麦克唐纳塑像

公开接受参观。大厦顶端钟楼是可以上去的，电梯行进中可以看到钟楼上的 55 个铜钟，小的几十克，最大的一吨。每 15 分钟，大钟会敲响威斯敏斯特教堂的旋律。站在国会大厦中路楼顶，可以俯视渥太华全貌。从钟楼出来，还能看到载有 66651 名第一次世界大战期间加拿大烈士的花名册。这里每天有庄严肃穆的花名册翻页仪式，以示崇敬之意。

国会大厦侧面

国会大厦前的广场中心还有为纪念建国百年而建的长明火台。火台之火点燃于 1967 年除夕夜，并会长久地燃烧下去。火台四周刻有加拿大各省徽章，并记载它们分别加入联邦的日期。

自 1867 年起，总督府是历任加拿大总督工作和居住的地方。前任总督伍冰枝（阿瑞安·克拉克森）是第一个入住总督府的华裔加拿大人。总督府占地 79 英亩，四季开放。

总督府庭院

总督府里有垒起来的几块石头，被称为"北极的信使"。如果在北极看到这样的标志，意味着指明方向，意味着危险之地，也意味着猎人守护，保育着这片森林。

大蜘蛛雕塑是在巴西长大的美国女雕塑家路易斯·波士娃的作品。她的创作阐述是：

总督府的小松鼠

总督府内的"北极的信使"

渥太华街头的"大蜘蛛"

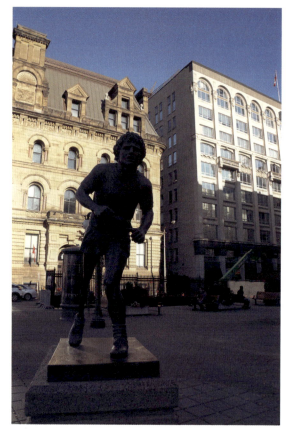

残疾运动员泰瑞·福克斯塑像

瑞·福克斯塑像。1980年4月6日，他的梦想长跑开始了。他希望当时加拿大2000万人每人捐一块钱，用于对癌症患者的治疗。遗憾的是当年9月，他骨髓癌复发，半年后与世长辞。他去世后，成千上万的加拿大人在每年9月都要举办泰瑞·福克斯长跑，继续他的梦想。

加拿大千岛湖

中国有千岛湖，加拿大也有千岛湖。不过我们的千岛湖是因为修新安江水电站被淹形成的，只剩下大山顽强挺立着高昂的"头"；而加拿大的千岛湖完全是自然的，当地人管这里称为"大神灵的花园"。

大神灵的花园，源于印第安人的古老传说。天神看到人类连年不断的战争就说，如

大神灵的花园

蜘蛛是最干净、最勤劳、充满着爱的，如同自己的母亲。这样的"蜘蛛"她制作了三个，一个在美国，另一个在巴西，最后一个送到加拿大。

国会山对面有一座塑像，至今还在延续着精神和物质的力量，那就是残疾运动员泰

果你们停止战争，我送给你们一件礼物。人类同意了，于是天神把美丽的花园送给人类。但时隔不久，人类的战争欲望复燃。天神很失望，用地毯卷起花园，回到天庭。在回去的时候不小心摔倒，花园掉落回人间，变成一片片碎片，也就是一个个岛屿，形成千岛湖。因此印第安人称这里为 Manitoba，就是"天神的花园"的意思。

这处千岛湖位于渥太华西南 200 多公里的金斯顿附近。金斯顿由于地处五大湖连接处，所以也被称为"水城"，在很久以前曾是知名的水运要塞。千岛是指圣劳伦斯河与安大略湖相连接的河段，散布着 1800 多个大小不一的岛屿。最小的只是一块礁石，大的可以达到数平方英里。在千岛湖，对岛的定义很有意思：只要可以有 2 棵树生长的露出

千岛湖上

水面的土地，就可以被称为岛。这些岛屿如繁星般遍布在圣劳伦斯河上，宛若童话中的仙境。

千岛湖绕湖一周约 3 个小时。水深、碧蓝、广阔又非常宁静。岛上有 200 余种动物，湖里有 80 多种鱼。千岛湖 2/3 岛屿在加拿大境内，而美国拥有的岛屿大都面积大并有深水水道通往大湖。安大略湖（圣劳伦斯河）中心分界线将千岛湖一分为二，南岸是美国纽约州，北岸则是加拿大安大略省。

两岛间建有世界上最短的国际桥

从卡纳诺基码头出航不远，就到了伊微里。那儿有一座桥横跨，犹如一条天然彩虹，为千岛湖增加几分娇艳。美国通用公司总裁买下了扎维孔岛（加）和邻近的小岛（美），两岛间建有世界上最短的国际桥，全长仅 9.75米。岛上悬挂三国国旗：加拿大、美国和法国。

古堡

为孩子建的图书馆

远处有一个湖心岛，也被称为情人节岛。1900 年，美国旅馆业大王乔治·博尔特投资 2500 万美元在这里兴建罗宾兰德古堡，献给妻子露易斯。古堡建得美轮美奂，不幸的是在即将建成的 1904 年，其妻因突发心脏病离世。丈夫伤心欲绝，再也没有踏上岛一步。许多年后，其后人将它捐给美国政府。此建筑物又叫博尔特古堡。

岛上古堡群中有一座碉堡似的建筑，那是博尔特为孩子建的图书馆。在大家还不太了解什么是电的时候，博尔特就在岛上建了水电站。为了让丈母娘既能和他们住得不远，又不干扰他们的生活，他在大岛旁边的小岛上也建了一座房子，取名为大小刚好，希望每年春天把丈母娘送到岛上，秋天再接回来。

岛上人家

这个船坞被评为十大古典建筑之一

可惜这一切愿望都没有实现。

千岛湖中大多数岛屿绿树掩映，不同风格的别墅时隐时现，这里是富人避暑的天堂。

千岛湖的水是平静与广阔的，就像镜子一样。这样的水面在加拿大景区中常见。为保护环境，加拿大政府公布一系列法规，比如湖边不能制造垃圾、汽车装上环保仪器、控制煤炭燃烧……网上有文章说，这些法规可不只是表面文章。如果违反，相应处罚一定会是让人肉疼的。因此加拿大一直是世界上环境保护状况最好的国家之一。罚款让人肉疼的还有超速，如果开车时速超过了50公里，那么罚款是多少呢？一万加元，而且吊销驾驶执照一年，之后重考。

今天，我们还看到圣劳伦斯河与安大略河交汇的地方。圣劳伦斯河是加拿大极为重

圣劳伦斯河与安大略河交汇处

要的内陆河，欧洲人就是利用这条河流把和印第安人交易的毛皮运回欧洲，对加拿大的今天影响深远。

"美丽之湖""闪光之湖"

我们这次行走加拿大东部，看了不少河。现在到了多伦多，就该看安大略湖了。安大略湖分属加拿大和美国，是五大湖中面积最小的（19554平方公里），但蓄水量（1688立方公里）超过伊利湖（1639立方公里）。

湖上的云

"安大略"这个名字来自易洛魁语Skanadario，意思是"美丽之湖"或"闪光之湖"。安大略湖有尼加拉、杰纳西、奥斯威戈、布拉克和特伦特河注入，湖水从东端经圣劳伦斯河导出。此湖平均深度86米，最深244米，经韦兰运河、尼加拉河与伊利湖连接，经特

湖边的颜色

沉船的桅杆

线东西长 311 公里，南北最宽 85 公里。湖面海拔 75 米，比伊利湖低 99 米。

尼亚加拉河水流冲下悬崖，至下游重新汇合。在不足 2 公里长的河段里，以每小时 35.4 公里的速度跌宕而下，以 15.8 米的落差演绎出世界上最狂野的漩涡急流。经过左

尼亚加拉瀑布

伦特运河通乔治亚湾。冬季仅沿岸水面封冻，港湾每年 12 月中旬至来年 4 月中旬不通航。其形状略呈东西延伸，大致呈椭圆形，主轴

尼亚加拉瀑布之夜

湖边绿地

走上彩虹

劳拉故居

岸（加拿大昆斯顿）、右岸（美国利维斯顿），冲过"魔鬼洞急流"，最后沿着"利维斯顿支流峡谷"，由西向东注入安大略湖。

　　前面讲的那位夜色中穿行在荆棘中磨破了脚，到32公里之外为英军送信，被加拿大人称为女英雄的劳拉，当年就住在这里。

尼亚加拉瀑布与伊瓜苏瀑布、维多利亚瀑布并称世界三大跨国瀑布

惊艳尼亚加拉瀑布

10 月 22 日，我们前往举世闻名的尼亚加拉瀑布时，先到它的上游，为的是看到大瀑布是怎样聚集北美五大湖中四个大湖的水，通过尼亚加拉河和韦兰运河汇集，从而成就自己的。

河上空的鹰

尼亚加拉河

尼亚加拉峡谷

尼亚加拉河位于北美洲五大湖区，自伊利湖流注安大略湖，是美国纽约州与加拿大安大略省的界河。尼亚加拉河集水面积包括苏必利尔湖、密歇根湖、休伦湖和伊利湖水系，总计约 67.3 万平方公里，是北美水力资源最丰富的水道之一。

一万多年前，尼亚加拉河形成于更新世后期。大陆冰盖消融后，露出白云岩构成的尼加拉陡崖，伊利湖盆地流水经此外泻，形成瀑布。在侵蚀作用下，瀑布逐渐后退，出现尼亚加拉峡谷。按后退平均速率和峡谷长度计算，历时 7000 年。另有一些地质学家认为需经 2.5 万年，瀑布方能退至今日位置。而从最后一次冰期测定，尼亚加拉河年龄约为 1.2 万年。尼亚加拉河自伊利湖口至急流的上游一段可以通航。但最重要的航线是绕开瀑布沟通伊利湖与安大略湖的威兰运河，水深 8.2 米以上，是五大湖－圣劳伦斯河深水航道的组成部分。

让瀑布的水来得更猛烈些吧

尼亚加拉河由伊利湖出发约 8 公里，水道被草莓、格兰德两岛分隔为二，东边属美国，西边属加拿大。在格兰德岛末端、瀑布上游约 5 公里处，两条水道再度汇合。从伊利湖到上游急湍，落差约 3 米，汇入瀑布前之短湍则降为 15 米。瀑布下延 11 公里，即尼亚加拉峡谷。从霍斯舒瀑布下行 3.6 公里为有名的朦胧瀑布，落差仅 1.5 米，可通行观光船。再往下游，湾道落差约 28 米。西北流经狭小的漩涡急湍，约 1.5 公里至惠而浦。东北流 3 公里，折向北流 2.5 公里到纽约州。

历史上为了争夺这块宝地，美、加（当时属英国）两国曾于 1812 年至 1814 年间进行过激烈战争，战争结束后，两国签订《根特协定》，规定尼亚加拉河为两国共有，主航道中心线为两国边界。从那时起，两国在瀑布两侧各建一个叫尼亚加拉瀑布城的姐妹城，一个隶属于加拿大安大略省，另一个隶属于美国纽约州，两城隔河相望，由彩虹桥连接，桥中央飘扬美国、加拿大和联合国旗帜，星条旗在南，枫叶旗在北，联合国旗居中。两国在此不设一兵一卒，人民自由往来，无须办理过境手续。

和平环境也使尼亚加拉瀑布丰富的旅游资源为两国带来更多的回报，除发达的旅游业及随后兴起的赌博业外，食品加工、化学制品、汽车零件、金属、纸张、酿酒等也发展起来。尼亚加拉是国与国之间和平开发自然资源的典范，验证中国"和为贵"的古老箴言。1950 年美、加两国商定，在旅游旺季期间，为使瀑布显示其宏伟壮丽的奇观，必须有足够水量通过瀑布，定为每秒 3600 立方米。两国分别于纽约州路易斯顿及安大略省昆斯顿建成水力发电厂，从瀑布上方将水导入隧道及渠道引向下游电厂。所发电力除供两岸需要之外，多余部分向外地输送。

放弃建电站后蓄水池

今天早上我们拍照的一处绝佳美景，就是曾经是电站，现在已经放弃的蓄水池。自由自在的水鸟在湖中，赏心悦目呀！

尼亚加拉大瀑布由三个瀑布组成：马蹄形瀑布，在加拿大境内，其形如马蹄；美利坚瀑布，在美国境内，由山羊岛隔开；新娘面纱瀑布，也在美国境内，由月亮岛隔开其他两个瀑布。事实上，在美国境内看到的只是尼亚加拉瀑布侧面，而在加拿大可以一览全貌。尼亚加拉瀑布管理当局一直吸引人们到此度蜜月、走钢索横越瀑布，或者坐木桶漂游瀑布。

一万年前瀑布流经的地方

今天我最喜欢的，其实是一万年前瀑布流经的地方。那里没有人的干扰，自由自在地流向安大略湖。河边的森林、葡萄园与酒庄，被英国首相丘吉尔称为周末下午度假的好地方。离开那里时，很想对朋友说：慕名去看尼亚加拉瀑布的壮观时，也请记着万年前的古瀑布和尼亚加拉河流向安大略湖的幽静。那份独特的美丽也在等着你去欣赏。

北美最富裕的城市多伦多

2017秋天的加拿大之行，最后一站到的

多伦多。多伦多是加拿大第一大城市及安大略省省会，是加拿大经济、金融、航运和旅游中心，也是全北美最富裕的城市。

多伦多一角

　　1720 年之前，这里的主人是塞尼卡印第安人。后来法国在此建立皮货交易站，最后把其做交易卖给英国。1793 年，英国把加拿大的首府定为新兴的"约克村"，也即多伦多前身。由于这里的街道到处都是泥泞，人称"泥泞约克"。1812 年战争期间，美国占领这里并大肆抢掠，这使得英国非常恼怒，大举反攻，一路打到华盛顿，放火烧了美国总统官邸。美国为了掩盖火烧痕迹，随后把官邸涂成了白色，得名白宫。战后，约克村开始扩张。新上任的市长把约克改名多伦多，这在当地印第安语里的意思是"会聚的地方"。

　　1824 年前，多伦多并不平静。威廉·莱昂·麦肯齐反抗多伦多最大权力家族的政治影响，引发加拿大历史上一次短暂的叛乱。后来麦肯齐被流放，而同党大多被处以绞刑。随后，乔治·布朗成了政治核心人物，他组建开明政党，并促成 1867 年加拿大联邦成立。尽管多伦多仍然处于蒙特利尔的影子下，但作为安大略省首府，其地位越来越重要。

　　19 世纪后期的整个维多利亚时代，多伦多一直处于发展阶段。高大的建筑物一座座拔地而起，人口也稳步增长，首批欧洲人也移民到此。1904 年，多伦多内城发生一场严重的火灾，成百上千栋房屋被烧成平地。这段时期，该市得到"多伦多最好"的赞誉。不论是城市秩序，还是所有市民的道德，都保持很高的水平，直到 1970 年代才慢慢失去这个好名声。1920 年代，多伦多工商业极度繁荣。随着经济大萧条的到来，经济发展停滞了。同时反移民浪潮逐渐高涨，一度还出现反犹太人的暴乱、禁止所有中国移民进入以及歧视黑人等一系列不光彩事件。

　　翻过一页灰暗的历史，二战后新移民又开始进入多伦多，带来新的文化。今天的多伦多，49% 的居民是来自全球各国共 100 多个民族的移民，140 多种语言汇集在这个北

你能相信这是最繁华的闹市区吗

美大都市。这里犯罪率极低、富裕的社会、怡人的环境、高水准的生活，连续多年占据全球宜居城市排行前五名、全球最富裕城市排行前十名。今天的多伦多是加拿大的经济中心，也是世界上最大的金融中心之一，同时也是加拿大消费最为昂贵的城市。

我在多伦多，拍得最多的是城市森林的小视频。因为难以置信的是，在最繁华的闹市区也有参天大树——不是几棵，而是成片成片的。秋色中的大地像是铺上金色地毯，繁忙的城市因此平添一份宁静。

有人这样形容加拿大的树：它们的共同特点就是长得很舒展、很自在、很随意。根据加拿大各地的树木法，一切妨碍树木正常生长的行为（如在树上刻划、折枝或剥皮、钉挂装饰性灯具等）都属违法。随意砍树也可能违法，具体规定是：凡直径在 30 厘米以上（在距地面 1.4 米高度处测量）或周长超过 92.4 厘米的树木，砍伐前须获得园林局长的书面批准。也就是说在加拿大，树木享有和人一样的生存权以及不受伤害的尊严。因此，加拿大有全世界生态保持得最好的国家公园。

它们长得很舒展

访问多伦多大学

到了多伦多，多伦多大学不可不去。一踏进校园，你立即就会被一座古老而生机勃勃的大学气派所征服。整个校园气氛和谐、雅静、使人心旷神怡。古老的维多利亚建筑和现代化钢筋混凝土大楼鳞次栉比，交相掩映。雕塑棋布，林荫夹道，花坛遍地，绿茵如毯。校园中心很少有车辆辚辚嘈杂和尘世喧嚣闹嚷，使人忘记了自己是置身于世界上最活跃的大都市之一。

校园壁画

据介绍，多伦多大学坐拥世界规模前三的图书馆体系，其出版社在加拿大乃至全北美影响深远。多伦多大学是美国大学协会中仅有的两所非美学府之一（另一所是麦吉尔大学）。该校每年发表科研论文数量在北美仅次于哈佛，引用数量位居世界前五。主要学术贡献有：干细胞及胰岛素发现、电子起搏器、多点触摸技术、电子显微镜、抗荷服的发明和发展、NP 完全理论以及发现首个经核证的黑洞。在多伦多大学还有一处景观可以满足中国游客的爱国情结，那就是白求恩塑像——他毕业于这里。

校园里的白求恩塑像

多伦多让人记住的还有有轨电车，那是多伦多老百姓努力留下来的。多伦多人说：看到它就意味着到家了。一个城市有家的感觉，容易，也不容易。真希望这个世界上每个人到自己所在的城市，就是回到了家。

有轨电车

中国城

北美洲第五大博物馆——皇家安大略博物馆

在我看来，多伦多有两个地方不可不去，一个是多伦多大学，另一个是皇家安大略博物馆。皇家博物馆集人文、自然于一馆，虽展品并不是很多，但能在有限的时间里了解加拿大的历史与自然，极有特色，被认为是加拿大顶级的博物馆。

皇家博物馆有多间永久陈列展厅，时常举办国际巡回展，是集世界文化和自然历史为一体的综合性博物馆。该馆位于多伦多市中心，于 1912 年 4 月 16 日由安大略省政府创立。至 1955 年止，曾由多伦多大学管理。

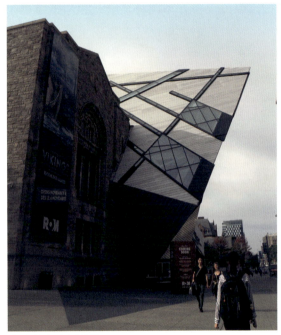

皇家安大略博物馆

由丹尼尔·里伯斯金设计的加拿大皇家安大略博物馆新附属建筑被称为"Lee-Chin 水晶宫"。它是一座面积达 17.5 万平方英尺、屋顶用铝合金和玻璃覆盖的建筑，是丹尼尔标志性的棱角美学水晶形状。"水晶宫"由5座相互联结、自我支撑的菱形结构组成，基本上没有一个正角。倾斜的墙体塑造出独特的内部空间，体量较大。十字形连廊穿过位于中间的"精灵屋"，明亮的窗户使室内充满自然光，并为城市增添奇特的景观。

皇家安大略博物馆主要内容是考古学、

水晶宫

美术、生物学。馆内有着各式各样的收藏品，例如木乃伊、中国陵墓等等。它是加拿大最大同时也是拥有最多收藏品的博物馆。中国文物的陈列，几乎要占去这里主楼第一层展览室面积的二分之一。其中特别珍贵的是从殷商王朝首都的废墟中发掘出来的甲骨。这些甲骨是殷人占卜时用过的东西。上面刻有文字，是有关这次占卜活动的过程及其前因后果的记录。这种文字被称为甲骨文。四个中国展厅包括：古代艺术、佛教艺术、建筑

藏品中的印第安石刻

艺术和雕塑造像。进入中国文物馆，第一个映入眼帘的便是以怀履光命名的中国寺庙艺术展区，主要陈列13世纪后期中国寺庙壁画，以及同时期佛教和道教的木雕文物。

十年来，皇家安大略博物馆一直收藏着世界顶级的中国古董。从玉器到陶器，从寺

博物馆里的原住民画像　　来自东方

缩微印第安人生活景观

入藏的中国人相册

古生物骨骼

庙壁画到青铜器，目前馆内的中国文物约有3.5万件，其中约有2200件精品展出，其余都在库房供专业人员研究。由中国学者董林夫所著、多伦多大学出版社出版的《跨文化与信仰》一书称，这些古董是由一位名叫怀履光的加拿大传教士偷偷带出中国的。书中写道，这位圣公会主教有时将古董装进其他传教士的行李中以免被发现，有时通过不大可能受到检查的偏僻火车站偷运古董。

有意思的是，这里还有一本中国人家里常有的相册。这是武汉一个家庭的私人照片，

飞禽走兽标本

北极狼标本

品；欧洲北美 20 世纪犹太人生活；中世纪到 20 世纪装饰艺术演变；玻璃工艺；即将修建的新的皇家安大略博物馆的图纸和模型。

馆内还收藏埃及文物（如木乃伊）、矿物和蔚为壮观的脊椎动物化石（如恐龙化石）。此外还有鸟类馆，种类繁多的鸟类标本按顺序整齐放置在抽屉里。恐龙化石真不少，大大小小器宇轩昂地在展厅里。喜欢恐龙的人在这里简直可以大饱眼福呀！还有一窟仿造的蝙蝠穴在展览中，这个蝙蝠穴是在牙买加被发现的，算是后期的收藏品。

一个国家，一个城市，那里的博物馆常常代表其文明程度和公众文化修养。不管是走进渥太华的历史文明博物馆，还是多伦多的皇家安大略博物馆，都让我加深对此的认知。

让人看着好亲切。

博物馆除了中国文物之外，还有希腊、埃及、罗马等国珍贵收藏。三楼的人文厅藏品包括埃及、希腊以及伊达拉里亚、伊斯兰、罗马的从青铜时代到一战时期的军事武器；20 世纪二三十年代法国流行的装饰派艺术

火热的墨西哥—— 太阳神 月亮神

罗马神话中的女猎神戴安娜塑像

在墨西哥感受江河

2010 年 6 月 6 日，我飞赴墨西哥，参加国际河流保护的国际会议。在天空中看墨西哥城，下面的房子像蚂蚁一样多，天边有一层不算太厚的黑云。

墨西哥首都墨西哥城，面积 1500 平方公里，人口超 2000 万，是世界第二大城市。由于当地人的"汽车情结"，导致交通瘫痪频繁、空气污染严重。先来了几天的杭州生态文化协会的忻皓告诉我们，今年 2 月起，墨西哥城政府推出"生态自行车"的租车服务，

国家宫（联邦政府所在地）

想拯救城市环境，改改司机好斗的脾气，让城市更有人情味。

看来，墨西哥城希望用自行车的两个轮子拯救轿车成灾的城市环境。当然从目前来看，用两个轮子打败四个轮子的美好愿望，实现起来并不容易。

我在网上看到美国《洛杉矶时报》今年

3月31日报道，在墨西哥城城区，已有85个租车点可以看到公共自行车的身影。这些崭新的自行车安全坚固，拥有三挡变速功能，全部装有车兜和车头灯。先行推出的1100辆自行车加上配套设施，成本共计600万美元。租用自行车得先注册办理会员卡，并缴纳一年24美元的费用。每次借车时，在租车点的

生态自行车租车点

书摊儿

街头音乐家

现场艺术创作

民俗手工艺品占路售卖

电子读卡器上刷卡取车。30 分钟内还车不收取费用，之后按每小时 3 美元收费。

墨西哥城市政府环境官员代尔嘎多说，他们觉得西班牙巴塞罗那、法国巴黎、丹麦哥本哈根等城市的自行车租赁系统非常好，于是效仿推出"生态自行车"。这位官员表示："希望墨西哥城人也能享受骑车的乐趣，至少愿意将蹬车变成日常生活的一部分。"

同行的忻皓告诉我，中国杭州现在也有 1080 个自行车租赁点，使用在一个小时之内都是免费的。

网上的一篇文章告诉我们：墨西哥城是世界上污染最严重的城市之一。由于城市海拔超过 2000 米，四周群山环绕，加之汽车数量众多，大量污染性气体难以扩散，积聚在城市上空。

令人遗憾的是，汽车为王的地位很难撼动。"生态自行车"推出一个月，全市只有约 2600 人注册成为会员，这离政府先前预期 24000 人的目标有很大的差距。据《洛杉矶时报》分析，在墨西哥城推广公共自行车计划，遭遇的最大"敌人"是当地缺乏自行车文化。由于城市大，海拔高，墨西哥城人依赖汽车出行已有很长的历史。几百万辆汽车"突突突"冒着尾气，堵塞大量街道，让公交车穿行起来比月球漫步还难，城市交通早已不堪重负。而与此同时，道路上的车辆还在以每年 25 万辆的速度增加。

当地司机从来没有礼让骑车者的概念，根本不把骑车者放在眼里，视其为"疯狂的异类"。在一些拥挤路段，汽车堂而皇之驶进自行车道的现象比比皆是。此外，仅有的几条自行车道还常常"断头"。"在如此乌烟瘴气的街道上骑车简直是种折磨，怎么可能享受？"许多市民抱怨。

还有人抱怨租自行车的年费太高，而且缺乏清晰的介绍，借车的过程并不愉快。所以即便经常被堵在路上，市民还是宁愿选择开车。更有人把自行车随便一停，占据了原先就十分紧张的汽车泊位，遭到许多司机抱怨。"人们习惯开车，我不认为这种习惯会因此改变。"一个57岁的店主说。

不过因为能让城市更有人情味，"生态自行车"也得到不少人的青睐。21岁的大学生伊凡·里梅尔正蹬着一辆公共自行车赴约。他自诩是环保主义者，是墨西哥城引进"生态自行车"后第一拨尝鲜的人，经常在市中心借车溜达。不过，在这座城市骑车，需要给自己一点勇气。前不久，他在一条繁忙道路上骑车，差点被鲁莽的出租车司机撞倒，场面很惊险。但是里梅尔更愿意往乐观的方面看。"自行车和汽车其实可以和平共处，"他说，"解决矛盾的唯一方法，就是学会'尊重'。"

"不论贫穷或是富有，你都可以骑自行车。"市民胡安·塞万提斯称赞说，"生态自行车"让所有人都变成了"同一种人"。

我在网上看到的这篇文章中还说："这个城市正在被汽车污染，被冷漠毁坏。"会计师马丁·戈麦斯说，"公共自行车能让城市更有人情味。"当然，这要让自行车融入公共交通网。

为了推广"生态自行车"，墨西哥市政府近期努力在改变着这座城市的"习惯思维"，这让城市得到了"意外收获"。意外收获是什么呢？市长专门下令，为市区最繁忙的几条道路清障，3年前为骑车人和慢跑者开辟的专用道又重新通畅了。市交通部门近期配套出台一项新规章制度"骑车人优先"，规定自行车享有与汽车分享道路的权利，并要求机动车行经骑车者身旁时必须"减速慢行"。网上的这篇文章说：许多司机"猴急"的脾气恐怕不得不改改了。

"靠公共交通系统出行，可比开车、打的方便多了。"代尔嘎多说，他们希望借公共自行车树立一个新观念，"把骑车当成出行的第一环或最后一环，配合搭乘公交车或地铁出行。"不断扩建的城市太大了，想要从一头骑车到另一头的确困难。于是在"生态自行车"租车点设置上，规划者更加注重把自行车与其他城市交通工具相连，帮助形成一张能够通向城市各个角落的公共交通网。

他们设想，终有一天，在这座庞大、混乱、汽车至上的墨西哥城，自行车也能拥有一席之地。"为了墨西哥城的未来，我们必须得打开门，欢迎自行车。"代尔嘎多说。

我们只在墨西哥作短暂停留，对于这座城市自行车的未来难以作出判断。不过，从仅仅到达的 8 个小时来看，墨西哥城的地铁真是太方便了。一分钟一趟的间隔，让你随时可跳上列车。

蝗虫图标和文字代表这个站的名字

有意思的还包括，墨西哥城所有的地铁站都有自己的标志。这在易于游人识别的同时，也增加了文化气息。比如照片中那个蝗虫的标志，取的就是旁边西班牙文那个词的意思；我们住的旅馆在拉美塔附近，这个站的标志就是拉美塔。这让人看了一目了然，而且还能激发对这座城市文化了解的兴趣，真是一举多得。

注意地铁列车的橡胶轮胎（城市海拔起伏较大，橡胶轮胎更安全）

每个地铁站都有属于自己的标志

地铁里展示的墨西哥城城建史——1521 年

地铁里展示的墨西哥城城建史——1824 年

地铁里展示的墨西哥城城建史——1900 年

这三个城市模型被放置在市中心索卡洛地铁站里。市政当局的良苦用心，是让市民和游人在乘坐地铁的时候就能了解这座城市的历史与发展。

从索卡洛地铁站出来，就到了墨西哥城最中心的宪法广场。这里会让你在视觉上勾勒出这座城市由玛雅文化与西班牙殖民文化交融双生的轮廓。

墨西哥人对本国国旗有超乎人们想象的钟爱。不论节庆或平日，在街道、商铺都要悬挂醒目的红、绿、白三色国旗，而最醒目的就当属首都墨西哥城宪法广场正中央的巨型国旗。这面巨大的国旗足有三层楼高、五层楼宽，巨大的旗杆足以为人们遮阳蔽日，这在全世界可都是独一无二的。宪法广场的另一个大，就要数广场以北坐落着的拉丁美洲最大的天主教教堂——大主教堂（Catedral Metropolitana）。

大主教堂由西班牙人在 1573 年开始修建，到 1813 年方完全竣工，漫长的修建时间使大教堂包含了古典巴洛克、新古典等多种建筑风格。教堂主体由两侧高耸的钟楼和中间宽广的主殿构成，其中钟楼高达 67 米，主殿宽为 110 米。教堂中除了保存 16 个礼拜堂

宪法广场上印第安人的街头表演

中古老的雕像和家具以外，最引人注目的是
穹顶上辉煌艳丽的圣经故事壁画。据说，大
教堂所在地是该国天主教最大教区的中心。

邮政宫（即邮局）

　　值得一提的是，宪法广场还藏着一"宝"。
《2012》中提到的玛雅 Mexico 预言的蓝本太
阳历，就是修建宪法广场时在这里出土的。
要想一睹太阳历的风采，就要去墨西哥人最
引以为豪的人类学博物馆。和神秘的玛雅文
化来一次亲密接触。

博物馆无处不在

城市雕塑

涂鸦

指路

忻皓告诉我们，墨西哥城是全世界博物馆最多的城市。其后第二名是纽约，第三是伦敦，第四是多伦多。墨西哥城的文化底蕴，没有来过之前是难以想到的。此前也听到一些有关那里治安不好的警告，而我在那短短的几小时中感受到的却是当地人的热情。我们还只是四处张望了一下，就有人过来问要去哪儿。在机场换钱，货币兑换点外面的牌价是 100 美元换 1226 比索。进入兑换点，却发现只给了我们 1205 比索。问为什么，营业员指着屋里墙上的牌价点，意思是已经变了。于是我们把她拉到外面，当她看到外面并没有改过来时，立即采取行动：先是把 1226 改成 1205，然后回到屋里又补给我们 21 比索。这一举动，让我们一进墨西哥的国门就感到舒服。

拍吧

今天的墨西哥改革大道上有一个"世博会"。和我们中国上海的世博会不一样的是，这里是一个个"世博"大棚。来自世界各国的艺术家和大师傅在那里大显身手，给一个古老的城市注入新鲜血液。

街头"世博会"

太阳神金字塔

2010 年 6 月 7 日，墨西哥城晴空万里。

小妞

这次国际河流保护年会正式开会是明天，今天我们从当地找导游，要去看看心仪已久的墨西哥金字塔。这可是除了埃及的两个世界之最的金字塔以外的世界第三大金字塔，而且是太阳神和月亮神金字塔。

我们的墨西哥导游爱德华十分尽职尽责。去金字塔之前，他给我们加了两个古迹：一个是三文化广场，一个是瓜达卢佩圣母堂。

坐落在墨西哥城东北部特拉特洛尔科区的三文化广场，是一处著名的历史文化胜地。那里有三组不同时代的建筑物：古代的阿兹特克金字塔大祭坛遗址、16—17 世纪西班牙殖民者修建的教堂以及 20 世纪 50 年代建造的墨西哥外交部大厦。这三种建筑代表三种文化，即古代印第安人的阿兹特克文化、西班牙殖民主义者带来的欧洲文化以及墨西哥现代文化。它们奇妙地共存于一个广场上，因此得名三文化广场。三文化广场的变迁，集中反映墨西哥 600 多年的文化和历史，是一幅墨西哥的历史画卷。

三文化广场

在古印第安人的金字塔废墟旁，导游告诉我们，阿兹特克时期这里非常兴盛。但是当时也有一个十分残酷的做法，就是这里每天都要用活人祭祀。活活的生命在这里当祭品。

阿兹特克遗址旁矗立着一座与遗址同样用砖块修筑的教堂，叫圣地亚哥教堂，修建于 1524 年，这是西班牙对墨西哥殖民的初期。远看教堂以为废弃了，其实里面一直在使用。教堂旁边的广场立着一个纪念碑，镌刻着 1968 年 12 月 2 日被杀害的几百名遇难者的名字。当时几千名学生抗议政府的社会和教育政策，警察和部队接到命令朝抗议的

瓜达卢佩新教堂外景

新教堂内景

老教堂内景

人群开枪，酿成这一惨剧。

　　导游推荐的另一处景点瓜达卢佩圣母教堂，位于墨西哥城东北面的郊外，距离市中心4公里。1531年，一个叫胡安·迪戈的印第安农民在这个地方自称遇见圣母，并将此地视为圣地。这里的第一个教堂是简陋的用土砖砌成的建筑物，但对朝圣者有着磁铁般

强大的吸引力。在随后的几个世纪里，教堂被反复重建和扩展，最终形成教堂群，我们去的是其中的老教堂和新教堂。最近一次对老教堂的改建是1892年，使其有4个塔楼和高40米的圆顶。

　　在墨西哥，对瓜达卢佩圣母的崇拜已深

宝石原料

加工宝石

制成工艺品

入人心，其形象已渐渐地融入整个墨西哥民族的感情世界中。由于老教堂太小，不能容纳下数目惊人的人群，并且它已经很明显地倾斜和逐渐下陷，因此朝圣者于 1976 年建造新教堂。老教堂下陷和倾斜的原因不是地震，而是这里原来是大湖和湿地。如今这些建筑竟然都是在填湖后建造的。新教堂是由顶级建筑师佩德罗·拉米雷斯·瓦斯科斯（他也负责设计了墨西哥的人类学博物馆）设计，一次可以容纳 1 万名朝圣者。

离开墨西哥城的这两处古迹，车朝太阳神、月亮神金字塔开去。路两边的建筑让我们边看边问。导游爱德华告诉我们，这些房子都是依山而建，就是住宅区里也有着很多工厂，包括化工厂、化妆品厂；或者可以说，什么工厂都有。

和全世界的导游一样，在去太阳神金字塔前，导游也把我们带到一个制作工艺品的地方。这些工艺品都是用当地的石头做成的。听不懂导游告诉的这些石头的名字，可是这些石头及其加工过程倒是很让我们开眼。

这些宝石我们欣赏了，而在加工宝石的地方，由植物做成的围墙和从植物花蕊中提取的液体，在看到和尝过后，给我们留下更深的印象。

植物墙

自带饮料的植物

金字塔旁老妈妈开的生态食堂

美洲豹宫遗址

好事多磨。今天一门心思要赶快看到世界第三大金字塔，那可是太阳神、月亮神的金字塔呀！可导游偏偏要做很多的铺垫才让我们看到。

就在已经远远地看到金字塔的时候，爱德华又把我们带到金字塔入口处的美洲豹宫。

走过这里的废墟，真的没有想到里面的壁画还能那么色彩斑斓，形象逼真，保留完整。

古代壁画中的喂食场景

宫里壁画中的鸟

导游告诉我们，公元 350-650 年的 300 年间，这里达到繁荣的顶峰，推算当时这里的人口已经超过 20 万。而当时的欧洲，除了君士坦丁堡即今天的伊斯坦布尔以外，根本没有超过 2 万人口的城市。这个被称作特奥蒂瓦坎的太阳神金字塔和月亮神金字塔的所在地，规模之大可想而知。

我曾听说过这样一种说法，了解一个民族的主要神话、诸神与传奇人物，是了解一国史诗的最直接途径之一。具有神奇与神圣品格的美洲豹，是美索亚美利加诸多文化中经久不衰的象征。对于阿兹特克人来说，美洲豹是武士的象征；对于米斯特克人、萨波特克人和玛雅人来说，这种美丽的动物是政权传承的载体；作为美索亚美利加文化之母的奥尔梅克人认为，人化作美洲豹，便可以进入自然界黑夜的一侧。

美洲豹的多重品格，让我们能在如此多种多样的物品——器皿、雕刻、面具、壁画、阶梯上，看到它的形象，甚至包括贵族的豹形面孔。美洲豹神秘而又恐怖的特征，以多种多样的形式被一次又一次地复制。可能这就是美洲豹宫得名的由来吧，我想。

特奥蒂瓦坎，在印第安语中的意思是"诸

月亮神金字塔

月亮神金字塔前遗址

神之都"，位于墨西哥城东北 40 公里的波波卡特佩尔火山和依斯塔西瓦特尔火山山谷之间。遗址面积 20 多平方公里，主要建筑沿城市轴线的逝者大道布置，包括太阳神金字塔、月亮神金字塔、羽蛇神庙等。

　　特奥蒂瓦坎曾经是辉煌的文明之都。公元 450 年在城市全盛时期，是当时中美洲第

太阳神金字塔

一大城。公元 650 年至 700 年间遭到外族入侵，几乎毁坏殆尽。现在能看到的许多建筑物，都是后来整修过的。

　　月亮神金字塔坐落在特奥蒂瓦坎城北，是祭祀月亮神的地方。建筑风格和太阳神金字塔一样，只是规模较小，也晚 200 年建成。它坐北朝南，长 150 米，宽 120 米，塔高 46 米，也分 5 层，外部叠砌的石块上绘有许多色彩斑斓的壁画，塔前的宽阔广场可容纳上万人。

城市轴线逝者大道

　　逝者大道长约 2.5 公里，宽达 40 米。用我们中国话，是不是可说成黄泉大道？据说是因为这里当年为修建金字塔，死了太多的人而得名。

城郭景

　　太阳神金字塔，底座 225×222 米，塔高 66 米，共有 5 层，是世界第三大金字塔，是古印第安人祭祀太阳神的地方。内部用泥土

和沙石堆建。塔顶原为太阳神庙，早已被毁。

专家考证说，当初这座庙金碧辉煌。高大的太阳神像站立在神坛中央，面对东方，端庄严肃，胸前佩戴着无数金银、宝石的饰物。当阳光射入庙堂时，神像周身闪着耀眼的光芒，使人肃然起敬。当年古印第安人就在这里杀人以祭祀太阳神。

网上有关墨西哥的介绍中说：太阳神金字塔，其天文方位使人惊骇：天狼星的光线，经过南边墙上的气流通道，可以直射到长眠于上层厅堂中的死者头部；而北极星的光线，经过北边墙上的气流通道，可以直射到下层厅堂。

塔的四面都有91级台阶，直达塔顶。四面共364级，再加上塔顶平台，不多不少，这正好是一年的天数。九层塔座的阶梯又分为18个部分。这又正好是玛雅历一年的月数。

玛雅人崇信太阳神，认为库库尔坎（即带羽毛的蛇）是太阳神的化身。神庙北墙有一条精心雕刻的带羽毛的蛇，蛇头张口吐舌，形象逼真。蛇身藏在阶梯的断面上，只有在每年春分和秋分下午，太阳缓缓西坠，照射蛇身。光照让巨蛇的棱角渐次分明，那些笔直的线条也从上到下交成波浪形，仿佛一条飞动的巨蟒自天而降，逶迤游走，似飞似腾。

这情景往往使玛雅人激动得如痴如狂。

类似的奇观还出现在南美丛林。这种融天文知识、物理知识、建筑知识于一体所造成的艺术幻觉，即使用现代水平来仿制，也是非常困难的。科学家试图探测金字塔的内部结构，令人费解的是，在每天的同一时间，用同一设备，对金字塔内的同一部位进行X射线探测，得到的图形竟无一相同。

太阳神金字塔塔顶

原本月亮神金字塔南面有一座蝴蝶宫，是宗教上层人物和达官贵人的住所，也是全城最华丽的地方。现存蝴蝶宫的圆柱上刻着极为精致的蝶翅鸟身图样，至今仍然颜色鲜艳。宫殿下面又发掘出饰有美丽羽毛的海螺神庙。这座古迹的地下排水系统纵横交错，密如蛛网。我非常想找到太阳神金字塔旁的排水系统，可惜没有找到。

博物馆里的石雕

散落在遗址的残件

城堡后面的羽蛇神庙，古印第安人称为克祭尔夸特神庙。传说克祭尔夸特是托尔特克人的第一任君主，被尊奉为空气和水之神。庙的建成较太阳神金字塔和月亮神金字塔要晚一些，规模也较小，但造型精巧，外观华丽，铺砌考究。现存台阶表面是用石料一层层拼砌成，每层都装饰着戴羽毛项圈的蛇头和用玉米芯组成的象征雨神的假面。

传说克祭尔夸特既是宽厚仁慈的神，也是一位贤明的人间君主。在他的统治下，托尔特克日益昌盛。后来在部落征战中，他战败被逐，去往东方，临行前发誓要返回故土。16世纪初，西班牙殖民者竟假借这个神话，把对墨西哥的侵占说成克祭尔夸特返归故土。

太阳神金字塔和月亮神金字塔的恢宏让人难以置信。不过从游人的数字看，虽然是世界第三大金字塔，可知道的人不是太多。不知道这是不是好事？对当地的旅游来看，这里需要更热闹；可是对于古迹的保护，我想人少倒也不一定是坏事。为了建筑的长久，也为了文化精髓的弘扬，这一美洲瑰宝还是应该找到更好的保留与传承的新路。

大学中的人民，人民中的大学

一所大学能被联合国教科文组织评为世界遗产，一所大学的体育场既是奥运会开幕式场地，也是足球世界杯赛场。这样的大学，不知道全世界能数出几个？墨西哥国立自治大学算一个。

2010年6月8日傍晚，走进墨西哥国立自治大学后，一下子就把我们吸引住的是图书馆墙上的巨幅画卷。这样的巨幅作品不是一面墙，而是四面墙；也不是只有图书馆楼的墙上有，在主楼和校园很多地方都有。傍晚时分，夕阳的粉红还未褪尽。华灯初上，校园草坪上，一对对伴侣在读书、交谈、恋爱……

墨西哥国立自治大学即加拉加斯大学城，建在墨西哥山谷以南的火山熔岩上，超过15万名学生、教授和工作人员在这里学习和工作，其中有些人就生活在这里。2400年前，西特尔（土著纳乌特尔语"小肚脐"的意思）火山的一次喷发曾经掩埋了这片地方，火山也从此平静了下来。

这片校园曾经远离城市，如今却和城市息息相关。随着人口的激增，被称为"普马氏"的校园居民开始同墨西哥首都的2000万居民共同分享这片科学、艺术和体育的绿洲。帕斯、韦华拉、斯奎罗斯等名人在墨西哥大

墨西哥大学图书馆外景

学校园里留下足迹。这个知识分子荟萃之地占地700万平方米，其建筑风格是20世纪现代主义独一无二的典范。

学校主楼壁画

大学主楼正面采用墨西哥壁画艺术家斯奎罗斯（1896-1974）的三幅壁画作品作为装饰，主题分别是"大学中的人民，人民中的大学""墨西哥历史大事记"和"大学新象征"。

1940年设计建造加拉加斯大学城的目的，是为了把墨西哥国立自治大学分散在首都各处的多所院校集中起来。建设工程从1949年开始，持续3年。对此有解释说："建筑师选择了现代建筑风格，使用立方块和玻璃棱柱体。关于空间功能和合理规划的这种设想，对火山岩浆掩埋的荒凉之地提出了新的解读。"

在墨西哥，大家都把加拉加斯大学城叫做 CU。它的出现对于墨西哥 20 世纪下半叶飞速发展的城市化进程有着重要意义。在建造大学城的同时，开始修建新的道路，拓宽旧的街道，例如墨西哥城具象征意义的道路——起义者大道。大学城建筑群设计完成于 60 多年前，当时这里仅有 25000 人。加拉加斯大学城从未丧失功能特性。1970 年，这

大学外

图书馆夜景

举办过 1968 年奥运会和 1986 年世界杯的体育馆

里又增加了两座新城，一座用于科学研究，另一座用于人类学研究。此外还新建一个文化中心和几所综合院校。

大学中心图书馆 4000 平方米的墙面装饰，出自画家和建筑师胡安·敖戈曼（1905-1982）的手笔。他的父亲是爱尔兰人，母亲是墨西哥人。在艺术家的帮助下，这座 10 层大楼用采自全国各地的五彩石头装修，讲述前西班牙时期的墨西哥历史，突出生与死的永恒。

校内太阳神和月亮神壁画

有人这样形容墨西哥国立自治大学体育馆：从上俯瞰，室外体育馆就像是一座正在喷发的火山。同大学城里的其他建筑不同的是，体育馆采用了西特尔熔岩岩石作为建筑材料。墨西哥著名壁画艺术家韦华拉（1886-1957）用五彩缤纷的马赛克浮雕修饰外墙，象征国家、和平、大学和体育。Lourdes Cruz 解释说："韦华拉创作的壁画覆盖了体育馆的整个围墙，讲述了前西班牙时期和当代世界体育史。但这件作品还没有完成。"

大学城里有 18 所学院、6 所学校和 28 家研究所，在创造良好的学习空间的同时，也提供休闲场所，学生纷纷来到这里休憩，或利用这里的背景和音响设备背诵戏剧片断。戏剧系学生说："在这里，我们感到很自由。"人们聚集在一面具有前西班牙时期风格的火山石墙前面，排练一出戏剧。我们在天已经完全黑了的时候，还能在校园里听到学生在草坪上排练戏剧。

一位毕业于墨西哥国立自治大学政治学院的学生说："我们为大学城感到自豪，不仅是因为大学城的建筑，更是因为我们国家伟大的思想家都曾经在这里的阶梯教室里学习过。"他列举三位荣获诺贝尔奖的墨西哥人——阿方索·加西亚·罗夫莱斯（Alfonso García

壁画中的鹰

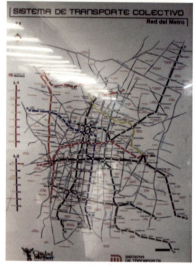

大学校车路线图

Robles，和平奖，1982 年）、奥克塔维奥·帕斯（Octavio Paz，文学奖，1990 年）和马利奥·莫利纳（Mario Molina，化学奖，1995 年）。

作为知识分子的汇聚地，大学城在特拉特洛克大屠杀引发的著名学生抗议运动中起到核心作用。当这场校园运动爆发时，距离 1968 年奥运会开幕式还有 10 天。学生还经常举行罢课——1968 年、1987 年、1999 年的罢课主要是为了捍卫墨西哥《宪法》保障教育的公平和免费。到目前为止，学生每一次斗争都取得了胜利。

我在墨西哥国立自治大学短短的几个小时里还有一个感慨，就是那里校车的方便。整个校园一共有 6 条线，全部免费供学生在校内活动和出行到最近的地铁站。那天我们乘的那趟校车的司机，在每一站都耐心地等着跑来上车的人，上车后向每一个上车者点头微笑。他那份主人翁的感觉，让人看了真舒服。

2010 上海论坛闭幕式上，墨西哥国立自治大学教授 Enrique Stephanus Dussel 在致辞中，对中墨之间的关系充满着期待。谁能想象在未来的发展中，从这所大学里走出来的学生，能为两国间的友谊与发展做出什么样的贡献呢。

参观人类学博物馆

今天去的墨西哥城夏波尔特佩克公园里的人类学博物馆，被认为是世界上最著名的博物馆之一，清晰地为我们展示人类的真正起源和发展全貌。博物馆的轮廓近乎矩形，中间是纪念性的庭院。参观者穿过门厅，首先来到中央庭院，再走进围成三面的陈列室。全馆共 25 个陈列室，一层是考古发现的各种

人类学博物馆门前

进入人类学博物馆

博物馆中的巨型石雕（下方是游客的双臂）

博物馆中的陈列

石槽装饰雕塑中的玉米

博物馆庭院中建筑

文物，楼上是人种学文物资料。

中国古老的神话这样流传道：在遥远的年代，女娲忽然从梦中惊醒。她觉得百无聊赖，就随意走到海边，跪下一足，掬起一把带水的软泥，接着就顺手用泥捏了几个和自己差不多的小东西出来。那小东西会对她笑，还围着她又叫又跳。女娲好高兴，有一种初为人母的喜悦，于是继续做直到腰腿酸疼。疲倦了的女娲不耐烦起来，焦躁地信手一拉，拔起一株从山上长到天边的紫藤，再一摆手，那紫藤便落在泥水里，溅出许多拌着水的泥土来。待落到地上，也变成了同先前一般的小东西，只是粗糙一些。正如我们所知道的一样，这些小东西便是最初的人类，只不过先做的高贵些，后来做出的低贱些而已。

不仅在中国的神话中人类的起源如此，世界上一些国家也大抵相同。虽然现在我们明白，这纯属后人的臆想，不过在墨西哥人类学博物馆里，看到那一座座雕刻得活灵活现的人，又不能不猜想，是谁能把人创造得如此不同呢？

在这座墨西哥人类学博物馆里，观众在参观中，时而室内时而室外，时而昏暗时而

雕塑：怀孕的妇女

雕塑：想象中

有点像三星堆中的人物

明亮，时而过去时而现在。这种交替的感受形成路线设计的主调。同时，参观文物与欣赏建筑也得以交融。中央庭院在功能上起组织和分流作用，在艺术效果上很出色。它本身像个小花园，一头是水池，一头是遮盖着半个庭院的伞状顶盖。顶盖为 54×82 米，高 27 米，是由钢与铝组成的悬索结构。它只有一根支柱，外部用铜雕饰面刻画了墨西哥的发展及其文化。为这一铜雕，建筑师特地设计一套循环水系统，将池水送至顶部，再从柱子头空隙流下，形成水幕。这样使柱子看来像悬浮在水中的图腾柱，效果极好。

博物馆还有一个鲜明的特色，就是室内陈列与自然环境的陈列结合。不少文物，如玛雅族神庙和奥尔梅克族巨型头像，都安放在天然树丛或草地上。再加上有穿着原始民

再现街头表演

族服装的演员表演，把人们带回到逝去的年代。从室内透过窗子望去，历史情景更是栩栩如生。

再现家居生活场景

乐器板块

不少建筑师和博物馆专家都称赞这里是全世界最好的博物馆。与其他死气沉沉如同放着的木乃伊一样的博物馆相比，墨西哥人类学博物馆的确是活生生的，展现了人类发展的历史。

这些年在国外看博物馆，我常常感慨在那里上课的孩子能学到书本以外的知识。今天在墨西哥人类学博物馆，我没有看到孩子，看到的是一群一伙儿的老人。他们听得那么认真，有的还在记录，有的则在回答老师的问题。我和同行的两个朋友说，什么时候我们中国要是能有一个专门为老年人安排欣赏博物馆的民间组织就好了。

我相信，这样的民间组织一定会受到老人的喜爱。问题是能不能找到作为老师的志愿者。这样的组织活动不仅是为老人，也在节假日组织对博物馆有兴趣的人在博物馆里学习、讨论。这和目前一些博物馆已经有的志愿者导游相比更有针对性，更注重人们精神世界的丰富。我想这在我们经济飞速发展，大力追求 GDP 的今天，无疑是另一种生活，另一种追求。

博物馆里的老人

与海狮亲密接触

2010 年 6 月 13 日，我们去了墨西哥拉帕斯的劳斯特洛斯小岛，那里也被称为海狮乐园。

这趟旅行，我们的期待是和海狮共舞。前两天去过的人说，在那里游泳，海狮就在你的身边游来游去，时不时还会"抚摸"一下你的身体。这张照片是我去前在网上下载的。

抚摸（网图）

飞机场上看到的狼

此前我得知，墨西哥政府最近将该国位于太平洋、大西洋及加勒比海的所有专属经济区海域划为鲸鱼保护区，总面积达 300 万平方公里。墨西哥也由此成为拥有世界上最大鲸鱼保护区的国家。墨西哥总统办公室宣布，该国不久前在日本马关举行的国际捕鲸委员会年会上签署有关建立鲸鱼保护区的协议。日前墨当局已颁布配套法案，从而使 39 种在墨西哥海域繁衍生息的鲸鱼受到法律保护。政府还制定对在该国海域进行捕鲸活动的一系列制裁措施，比如禁止在墨西哥海域对任何海洋哺乳动物进行商业性捕捞；同时，任何研究机构如需捕捞鲸鱼作研究之用，事先要得到政府许可。

近年来，墨西哥国内保护海洋生态的呼声越来越高。许多民间组织和个人通过写信、

离开港口

传真和电子邮件等方式向总统呼吁，在墨西哥海域建立鲸鱼保护区。2000年在墨西哥城举行的一次民意测验显示，84%的居民赞成建立鲸鱼保护区。

带着与海狮共舞和寻找鲸鱼的期待，我们花10美元租了潜水服。其实这并不是说我们就要潜水，只是在这里下海人们都要穿上这种衣服，不知是为了保暖还是浮力。

我们的导游卡洛斯告诉我们，当地从3月到11月是旅游季节。这个季节来拉帕斯，海狮是一定能看到的。他和他的日本太太两人在一家旅游公司工作。他是墨西哥城人，却因为酷爱大自然选择在拉帕斯过海岛游的生活。结婚时他问太太，你会让我和你去日

披着长发的"姑娘"

海上"帽子"

披着长发的"男人"

海上"长城"

鸟的家

生活在一起的海鸥、海雕和海狮

对唱

本生活吗？太太说，不会。我喜欢拉帕斯。夫妇已经在这里生活了五年了，每人每月有1000美元工资，在拉帕斯属于中等收入。从他的表情中，可以看出目前生活带来的快乐。

我们的船经过一座座造型奇特的小岛。美洲特有的那种红褐色岩石被鸟粪染成了白色，几株孤零零的仙人掌衬托着成群的海鸟在天空飞翔。在湛蓝色海水的包围下，小岛让我们展开想象的翅膀。

耳边已经传来阵阵时而低沉时而高亢的嘶吼声。船上的人叫开了：海狮！是海狮！岸边岩石上聚集着无数头海狮。或大或小，或躺或坐；有的酣然沉睡，有的引吭高歌。这种画面，我在旧金山的渔人码头也见过。可那四周都是游船和游人，而这里却是真正的大自然，海狮的家……

一下看到这么多海狮，我们不知是下水游泳还是在船上看、在船上拍。导游告诉我们，那些小海狮都是才生下几天的。海狮每年6月生孩子，我们运气不错。

看着海狮在水里游来游去，我们还是有些害怕。导游说，不用怕。如果海狮向你游过来，不要直视它就没事。海狮和人这样友好，

亲热

我还是第一次听说。去年在罗马开国际记者年会时哥伦比亚记者安吉拉告诉我，亚马逊豚喜欢人，你游泳时它会跟着你游。这次，要亲自感受海狮跟着我们游了。

我们下水了，水很急。我很想游到那个洞里去，可总是被水冲到相反的方向，试了几次也没有游过去。戴着潜水镜往海里看，这里的海底没有珊瑚，是礁石。一条一条的大鱼在我们身下，来来回回地游着。有黑色的、黄色的和蓝色的。水下的颜色，虽然没有今年3月我们在埃及红海看到的那么丰富，但还是多样的。可惜我们没有水下照相机。海

狮没有"摸"到我。同去的一个胖胖的姑娘说，海狮"摸"了她的脚，滑滑的，软软的。

作为广播记者，走到哪儿，录各种自然界的声音，一直是我的习惯。2010年6月13

学走路

船停在这里

岛上的仙人掌

张嘴的"石鱼"

录下海狮叫声

日，我很过瘾地录了海狮的各种叫声：温柔的、生气的、吼叫的。我采访过《鲸鱼的歌剧》一书作者，也有一盘美国朋友送的鲸鱼"歌剧"录音带。现在听听海狮的歌声，我想并不比鲸鱼差呀。

有一天，我要是真的能办起声音博物馆，喜欢大自然和动物的朋友坐在里面，听海狮唱的歌，再配上照片，那又是一种什么样的享受呀。当然，这一定需要人类能留住这些大自然，留住包括海狮在内的大自然中的朋友。

离开海狮住的小岛，船在礁石中航行，我们到另一个小岛上午餐。岛上的女主人曾在英国求学十年，最终还是回到家乡，过上这种小岛生活。她的解释和我们的导游一样：喜欢。

离开小岛，我们开始更大的期盼：寻找鲸鱼。

海上"表决"

站在岩石上的鹈鹕

滑翔

墨西哥的下加利福尼亚州沿海地区东邻太平洋，是鲸鱼繁衍的优良场所。每年成批的鲸鱼从北极出发，沿美洲海域南下到这里传宗接代。这里的鲸鱼是指北冰洋中的灰鲸，每年年末或第二年年初都会穿过白令海峡，游到下加利福尼亚半岛四周的暖和海疆过冬并在这里产仔。格雷罗州附近的埃尔比斯卡伊诺鲸自然保护区就是最佳地点之一。

我们的船在大海中寻找着鲸鱼，看到的却是天空中和海上的鸟。比如白头海雕，分布于北美洲，包括加拿大、美国本土和北墨西哥，是北美洲唯一的海鹰。白头海雕居住在北美洲，栖息地为多沼泽的支流、路易斯安那、索诺兰沙漠以及东部落叶林、魁北克和新英格兰。北部的白头海雕属候鸟，而南部的白头海雕为留鸟。白头海雕早先养殖在北美洲中部，主要限于阿拉斯加、阿留申群岛北部、加拿大东部和佛罗里达。

鹈鹕属于鹈鹕属，是大型全蹼足的鸟。体长约2米，羽多白色，翼大，嘴长，嘴下有一个皮质的囊，用以兜食鱼类。性喜群居，栖息在沿海湖沼河川地带。在我们中国的史书中多有记载鹈鹕，比如《庄子·外物》："鱼不畏网，而畏鹈鹕。"《三国志·魏志·文帝纪》："夏五月，有鹈鹕鸟灵芝池。"《本草纲目·禽一·鹈鹕》："鹈鹕处处有之，水鸟也。似鹗而甚大，灰色如苍鹅。喙长尺余，直而且广，口中正赤，颔下胡大如数升囊。好群飞，沉水食鱼，亦能竭小水取鱼。"

鹈鹕让人一眼就能认出的是嘴下面的那个大皮囊。鹈鹕的嘴长30多厘米，大皮囊是下嘴壳与皮肤相连接形成的，可以自由伸缩，是存储食物的地方。鹈鹕和鸬鹚一样，也是捕鱼能手。其身长150厘米左右，全身长有密而短的羽毛，羽毛为桃红色或浅灰褐色。在那短小的尾羽根部，有个黄色的油脂腺，能够分泌大量的油脂。闲暇时，鹈鹕经常用嘴在全身的羽毛上涂抹这种特殊的"化妆品"，使羽毛变得光滑柔软，游泳时滴水不沾。

可惜的是，在这片水域我们没有找到鲸鱼。下船的时候我问导游卡洛斯，在这种小岛旅游，能看到鲸鱼的可能性有多少？他说3至5月是百分之百。6月鲸鱼要到更深的大海里去了，看到的可能性就小了。也许这也是旅游的特色之一：只告诉你能去找，而不告诉你找到的可能性有多大。当然，要是知道看不到，去的人就要问问自己去还是不去了。

不过，今天我们的收获还是不小的。在大海畅游，观看海狮起舞，录到它们的歌声；还有那一座座山的雕塑，海的依靠；还有海

傍晚的鹈鹕

雕、鹈鹕及这些野生动物的家。这已经让我的照相机内存装得满满的了。

傍晚时分，在拉帕斯海边看日落时，我在想，离中国这么远的地方，会建议朋友来吗？我可能会说，远是远了点，不过在这里看到的在别的地方不一定能看到呢！

明天是我们在墨西哥的最后一站，那里叫蒂华纳。如果到毗邻那里的美国圣迭戈旅游，就有游蒂华纳一条街的项目。不过这里的护河者告诉我们："我会带你们去看看我们那里的大海。"

盛开在边境的小花

离开拉帕斯，从飞机上往下看，不知道自己是不是看清楚了下面那一条条流入大海的河，也不知这种颜色的河里是否有水？

空中看河流

墨西哥第二大城市的人居环境

大海与江河

细细看去，如果是黄色的河水流入蓝色的大海，一定会为后者染上颜色。而眼前，河海的汇集并没有交融的表示。尽管如此我也不愿作出判断，能做的只是把照片放在这里，让人评说。不过，在飞机飞到墨西哥第二大城市瓜达拉哈拉时，下面的颜色又让我看到了那里的人与自然的相交与相融。

2010 年 6 月 15 日，我们来到了墨西哥西北边境被称为自由市的蒂华纳。蒂华纳位于北下加利福尼亚州的西北端，特卡特河畔，临近太平洋，北距美国圣迭戈 19 公里。海拔 1450 米，交通方便。1862 年，这里还是牧场和村落，以后成为边境娱乐地。1900 年该城居民只有 242 人，在第二次世界大战中发展为新兴的旅游城市，以美国游客为多。工业以装饰品、食品、轻工业为主。周围灌溉农

墨美两国界碑

山谷里的蒂华纳

蒂华纳海滩也是边境海岸线

业区出产小麦、棉花、蔬菜、葡萄等。

　　蒂华纳是一个比较年轻的城市。在 20 世纪 40 年代以前，这里仅是一个偷渡者和走私者来往穿行的边境小山村。1939 年，政府将蒂华纳设为自由区，从此该城得到迅速发展。1965 年后，蒂华纳进一步成为外国投资者开办客户加工工厂的重要地区。1990 年，蒂华纳共有 504 家客户工厂，雇佣工人 64159 人，仅次于华雷斯城，位居第二。当地人说，今天工厂遍布于蒂华纳的每一个角落。这就是今天发展中国家所共有的特性吧。

　　其实，蒂华纳有广阔的海岸线，在美国那边还有望不到边的湿地。可是当地护河者玛蒂·格拉达却告诉我们，四十年前这里的旅游业是兴旺的，可现在却日渐衰落。

下方是政府斥资修建的栈道

围墙挡不住大海前进

玛蒂·格拉达不明白，政府正在花巨资在大海边修建围墙，修建木头栈道，大海能围得住吗？栈道能修多长？为什么不用这些钱去修复海边的房子重振旅游业呢？在她看来，这才是蒂华纳发展的希望。

在玛蒂·格拉达的办公室里有两幅照片，是 20 年前和今天那里的海岸线。她说，

大海起码向沙滩推进了 20 米。原来的那些大片的沙滩，如今已经快没有了，只有礁石日日夜夜在聆听着涛声的起起落落。

玛蒂·格拉达的组织成立已经有 19 个年头了，现在有四个全职工作人员。办公室的墙上挂着宣传画，展示其发展过程。从宣传画上的标志来看，队伍壮大的可不是一星半点。

20 年来的对比

蒂华纳民间组织在增加

玛蒂·格拉达的组织现在每年在海边发起两次大的活动，3月一次，9月一次。内容是清理海边的垃圾，带领公众认识大海。第一次组织活动时，她说只有喜欢大海、关注环境的20个人加入行动。2010年3月，参加者就多达5000人。玛蒂和我们说这些时，脸上充满希望的微笑。

就在我们去的前一天，当地的报纸上写了整整一版玛蒂·格拉达的故事。今年，她还获得全国环境人物奖。和我在拉帕斯采访的导游一样，玛蒂的家乡也是墨西哥城。大学毕业后，她曾在美国圣选戈工作了两年。然后就到了蒂华纳，后来就有了自己的民间组织。

我非常感动能有那么多人加入，其中不仅仅是公众、专家学者，还有官员和企业家。她说，每次行动前，大家在一起开会，分工。有钱的出钱，有力的出力，什么都没有的出人。她说，学校就是出人。可乐公司自然就是出干活时大家喝的水。如果哪个组织或哪个部门没有完成好自己承诺的事，就会受到大家的监督和评估。

想想我们中国，现在也有不少这样的活动，可大多数还是由政府部门组织的。这要说好也好，规模可以很大；要说不好，就是缺乏监督和评估，有时就不免流于形式和摆摆样子，更如何提到唤醒公众的环保意识？

来参加的人越来越多

在今天蒂华纳海边的边境线上，玛蒂·格拉达的组织种了一片国际友谊花园。玛蒂·格拉达说，那里本是沙石滩。可是政府学习美国方式，硬要在那里种上草坪和大树，结果小草和大树长得都不好。现在根据当地物种习性，把一些灌木和小花及一些攀缘的植物种在边界的铁丝网边，希望这些植物的攀缘能把两国人民的友谊相连。

在玛蒂·格拉达种的国际友谊花园旁，是一座挂满了十字架的墙。每一个十字架上，都有着对亡者的超度。这些越境偷渡者的灵魂告诉人们什么？国际友谊花园又在向人们昭示着什么希望？

国际友谊花园

两国边界墙变成亡灵超度墙

我们在蒂华纳只有一天的时间，但是玛蒂·格拉达却给我们安排得满满的。这是她的性格，也是我的习惯。每到一处，充分利用在那儿的每一分钟，写出的内容再丰富一些，再丰富一些，这是我的希望。

玛蒂·格拉达和儿子阿兰还一起带我们去了生态区，那里是一个污水循环处理系统。阿兰说，这已经是他第五次来这里了，有和学校一起来的，也有和妈妈一起来的。在这里学到污水通过什么样的循环就还可以再次利用，也看到蚯蚓是怎么帮助堆肥的。

在这个生态区里，培训中心和厕所的墙都是用易拉罐的空桶做成的。看着这些，我想起前年去怒江，当地一个藏族小伙子怕满

污水循环处理后这里流出的水就是干净的了

垃圾成了肥料

地扔的酒瓶子碎了，被散在草地上养的牛吃了伤着它们，也是用酒瓶子做厕所的墙。看来热爱大自然的人，不管文化上有多少差异，有时想出的招还真是一样的。

这里山上可以看到的国际污水处理厂建在美国一边。在生态环境区远眺时，玛蒂·格拉达告诉我们，远处是蒂华纳的运河。河水是从美国的科罗拉多河流过来，经过蒂华纳

培训中心的墙用易拉罐做成

又流到美国去的，墨西哥只是这条河其中的一段。美国人说，就是这一段被墨西哥人弄脏了。

墨西哥人也很担忧。现在科罗拉多河上有很多大坝，如果有一天美国卡住了河的"脖子"不再让水流过来，蒂华纳人喝什么？用什么？不过当地政府总是告诉人们不用担心，到时候总有办法。

如今，蒂华纳的河让人担忧的还有一到夏天河里就发大水，住在河两边的人饱受其苦。河边的老人说，我们现在住的地方原来就是河，现在都盖上了房子，成了住宅区。河流就是河流，不管你盖不盖上它。到了该流的时候它还是要流的，或时不时也要发发脾气。

作为一个护河者，玛蒂·格拉达说，该组织的任务，一是保护海边的清洁和海岸线的自然，再一个就是要让公众知道河流的重要。我问她，你会一直待在蒂华纳吗？她说，直到海滩干净了，美丽了，发展得正常了。说完这些，我俩都笑了。因为谁都知道，那时候她还会走吗？

在我们没有到蒂华纳前，听说那里的贩毒集团是墨西哥势力最大的毒品走私和暴力犯罪组织之一，其势力范围主要集中在墨西

原来的河道现在住上了人

哥太平洋沿岸的下加利福尼亚州，尤其是同美国接壤的州府蒂华纳市。不知为什么，在那儿的一天里，我们一点也没有感觉到那里的紧张。在街上和当地人擦肩而过时，对方一定满脸笑容地和我们打招呼。倒是到蒂华纳前三个小时那里的一次 5.7 级地震，成了人们见面都要说的话题。

气候变化、地震，现在成了蒂华纳人越来越关心的事。玛蒂·格拉达说，作为护河者，只要是和环境有关的事都要管。当然有天灾，但人祸不更要靠人来防吗？我同意她的说法。

加勒比之波——独立还是自治

建在礁石上的房子

加勒比海拥有世界上 9% 的珊瑚礁，面积达 52000 平方公里。这些珊瑚礁大部分分布在加勒比海各岛以及中美洲海湾，其中最大面积（96300 公顷）的伯利兹堡礁在 1996 年被列为世界自然遗产。伯利兹堡礁是中美洲大堡礁系统的一部分。中美洲大堡礁系统长约 1000 公里，是世界第二长的珊瑚礁，分布在墨西哥、伯利兹、危地马拉及洪都拉斯各国邻近加勒比海沿岸。

很遗憾地听说，最近几年异常温暖的加勒比海海水对珊瑚礁的威胁日益严重。珊瑚礁是世界上最具多样性的海洋环境之一，但其生态系统非常脆弱。当热带地区的海水异常温暖的时间变长，和珊瑚共生的虫黄藻会死亡。虫黄藻提供珊瑚食物，也是珊瑚礁有颜色的原因。这种小型植物死亡及消失的结果是珊瑚白化，会造成大面积珊瑚礁的破坏。目前，超过 42% 的珊瑚礁已经完全白化，95% 的珊瑚礁已经有部分白化。

大多数中美洲加勒比海岛屿在 20 世纪都获得独立，但有几个岛还是荷兰的自治领，称为荷属加勒比。按说独立是这几十年来的潮流，不过在我与其中两个小岛原住民的交谈中，听到的是对独立的完全不同的说法。

为什么她喜欢生活在殖民地

公元前 1 世纪，阿拉瓦人从今天的委内瑞拉登陆加勒比海南端群岛，慢慢地从南向北占据大多数岛屿。1500 年后，又逐渐被卡利勃人驱逐走了。当探险家克里斯托弗·哥伦布 1492 年来到美洲时，阿拉瓦人居住大安的列斯群岛和巴哈马群岛，而卡利勃人则占

威廉斯塔德市容

礁石上的城市

五颜六色的建筑

据小安的列斯群岛。这就是当时加勒比海岛的情况。

　　经过欧洲几个国家的殖民管制，加勒比

海岛中的小安的列斯群岛最终成为荷兰的自治领，称为荷属安的列斯。二战后，受民族独立潮流影响，荷属安的列斯解体。2010年

10 月 10 日，荷属加勒比最大的两个岛屿之一的库拉索岛成为荷兰王国的构成国家（自治国），实行高度自治，拥有自己独立的议会、政府、首相等。

2015 年 5 月 13 日，我踏上了库拉索岛的土地。威廉斯塔德是库拉索岛上的主要都市，也是库拉索这个小小的自治国的首府，人口约为 12.5 万。

1888 年建造的爱玛女王桥如今每天都会定时打开

从桥上走过

有人这样形容：威廉斯塔德内城及港口古迹区的建筑，就像是蜡笔一般色彩丰富，保留了 17-18 世纪荷兰殖民时期的风格。这个岛在 1997 年被评为世界文化遗产。

今天的威廉斯塔德市内，建筑多具荷兰风格，并有众多名胜古迹。有 1732 年兴建的西半球最古老的犹太会堂、1769 年所建教堂、古城堡、昔日的奴隶市场遗址和库拉索博物馆等。

威廉斯塔德港口是荷兰人 1634 年在加勒比海的库劳岛建成的一处优良的贸易港湾。如今有大型石油提炼厂，提炼从委内瑞拉和哥伦比亚进口的原油。港口条件优良，港湾水深，设施先进，能停泊巨型油轮，主要输出石油产品，也为旅游胜地。

岸边植物

在加勒比海畅游

海豚跳出海面

火烈鸟

爱玛女王桥是能活动的,每隔一段时间会自动旋转。这样,水面上不管多大的船都可以自由通过。熙熙攘攘的人从过桥到看桥,好不新奇。

网上还有这样一段评价:库拉索岛上的环境很好,经常是阳光灿烂。热情的居民,

一流的旅馆,极好的天气,水晶般清澈的海水,迷人的建筑,水上漂泊的市场,浮动的桥,隔离的海湾,丰富多彩的动物和植物,短程旅游、娱乐方式多种多样,这些都使得库拉索岛成为加勒比海上旅游者的王宫。不过我们在岛上只有一天时间,没有把以上这么多地方都转到。

随便和岛上人聊聊天得知,这里一般人工资是2000到3000美元一个月。律师、大夫能到两万美元,差距还是挺大的。

我问一个女摊主,岛上有没有邮局?在哪儿?她说有,但那天是什么节日,应该是

岛上的夜生活

灯光中的威廉斯塔德

不开门的。我们都走好远了，她又追来告诉哪有卖邮票的。天黑了，回到邮轮之前我又找到她，想再聊一会儿。她正好在收拾东西准备回家。我问她：这个岛现在还是荷属，你们愿意独立，还是愿意归荷兰？女摊主大声说：当然愿意归荷兰。现在哭了，荷兰给钱；要是不归荷兰了，哭了找谁要钱去？她的实际和坦然，让我有些没想到。

我问她，要是邮轮走了，这里还有人吗？

她说：船走了，什么都没有了。她告诉我，雨季时，一天有时来两三艘船。现在一天一艘。今天邮轮来了，下一班要到下周三才来。

这位女摊主很有和我聊天的兴趣。她说：今天来了两艘船，一艘好，一艘不好。我问怎么不好？她说不好的是西班牙的一艘船，是从南美几个国家来的。购买力显然不如美国来的邮轮消费高。原来，她认为的哪艘船好哪艘船不好，是以购买力为标准的。

这位女摊主告诉我：这里大学、医院都有。现在这里也有中国人来了，有饭馆，有超市。中国人还不错。她还告诉我，自己有四个孩子。大女儿很好，有了自己的房子，孩子才两个月。二女儿不好。不想工作，找了个荷兰人结婚。懒在家里。两个小的还在上学。小女儿有很多梦想。

她说：不归荷兰，哭了找谁要钱去

和女摊主聊得不错。拍了照片后，她一个劲地谢谢我。我说：这辈子可能见不到了，照片不知怎么给你？她乐观地说，能不能再见，谁知道呢？

这个岛上竟然可以免费上网，而邮轮上这几天都没有网络信号。于是，网上要干的活只能在小岛上干了。

没见到穴鸮的阿鲁巴

2015年5月14日，我们的邮轮停在加勒比海岛的另一个岛屿阿鲁巴。

阿鲁巴，位于加勒比海南部小安的列斯群岛最西端，南临委内瑞拉，面积193平方公里，是荷兰自治领，首府为奥拉涅斯塔德。这里属热带气候，年平均气温27℃。人口95200人（1999年底），主要为印第安人与欧洲白人的混血后裔。其次人口中有很高的比例属于非洲裔，主要是17到19世纪作为奴隶被贩卖到此的非洲人后代，也会与当地原住民印第安人混血。除此之外，也有部分欧洲人与亚洲人的后裔。

阿鲁巴1986年1月1日宣布正式脱离荷属安的列斯，成为荷兰王国一个单独的政治实体，荷兰继续负责该岛国防和对外事务。在经济和货币事务方面，阿鲁巴与荷属安的列斯组成合作联盟。旅游业是该岛经济支柱。这里终年阳光充足，气候宜人，热带风光独具一格，凭其著名的"棕榈海滨浴场"及早期印第安人岩洞吸引不少游人。迄今为止，荷兰每年仍会有相当程度的开发援助金给阿

在海风中长大

老树

火山

离天近了

地貌

在看什么

怪石

鲁巴。海外商业服务的发展也是值得关注的财源。

　　阿鲁巴全岛由火成岩构成，边缘有珊瑚礁；地势低平。杰马诺塔山高 189 米，是全岛最高点，171 米高的残丘胡伊堡山（意为干草垛）为最具特色的小山。有些地方有无数闪长岩巨砾逐个垒叠在一起，千奇百怪。

阿鲁巴 1 元硬币

新楼

阿鲁巴土壤贫瘠，很少或没有天然的灌溉。大部分饮水必须由海水淡化供应，岛上的蒸馏厂是世界最大者之一。受东北信风调节，降雨量很小而多变，一般年降雨量约达 430 毫米。该岛位于飓风行经范围之外。天然植被有各种耐旱的仙人掌、灌木和乔木。

印第安人是阿鲁巴岛最早的居民，其历史可以回溯到公元 1000 年前后。1499 年西班牙占领该岛，1636 年因战败将这里交给荷兰王国。此后，阿鲁巴由荷兰人统治约两百年。

海边

1805 年因拿破仑战争影响，荷兰逐渐失去对阿鲁巴岛的控制。这里由英国接管，1816 年时交还荷兰。

今天在岛上，和为我们开车的先生聊了几句。他说：荷属阿鲁巴岛上，80% 的人希望独立。理由是现在要看荷兰人的脸色行事，荷兰不让他们做的就不能做。这和昨天库拉索那位女摊主是完全不同的看法。在阿鲁巴这位先生看来，自己决定自己的命运更重要，而不是伸手向有钱的人要什么。两种不同的观念，是由于什么得出的呢？当然，只有和这些人接触得多，才有可能思考得更全面。另外，今天网上对阿鲁巴的介绍之丰富，从民族、语言、经济到文化与传媒应有尽有，倒是我去之前没有想到的。

商店里的饮者雕塑

阿鲁巴最初被殖民当局用作繁殖马匹的地方，由当地印第安人充当牧马人。从 19 世纪初开始，土地出售给个别的移民。尽管人们努力种植药用芦荟，但农业仍无起色。金矿采掘开始于 1824 年，但到 20 世纪初已终止。到了 1920 年代，圣尼古拉斯港开始提炼石油，阿鲁巴经济开始改善。原油主要进口自委内瑞拉。1985 年炼油厂关闭，激起严重经济危机。后来这场危机已由大力提倡和扩大旅游业（包括为配合田园诗般的海岛风光而兴建豪华的宾馆和赌场）而解决。常年高通货膨胀虽是阿鲁巴岛在经济上的隐忧，但该岛仅有 1% 的超低失业率，在加勒比海国家中难得一见。

为使阿鲁巴经济多样化，有人想将其建成自由贸易区，有人计划将其建成国际境外金融中心。如今，阿鲁巴主要同美国、委内

沙滩

瑞拉和荷兰进行对外贸易。岛上有国际机场，还可进一步利用汽船和巡航船业务与外部世界联系。从殖民时代开始，阿鲁巴岛的经济形态历经三个阶段的改变。19 世纪时的淘金热，在 1924 年时因油田的发现与炼油厂的建立而被取代。1990 年代以后，旅游业逐渐兴起，成为该岛重要的经济来源之一。

街景

老屋

灯塔

教堂

留影

摊贩

庭院

饭馆

　　阿鲁巴具备复杂的族群混合，意味着其在文化上也是多元的。除了荷兰的影响外，许多其他欧洲国家乃至于非洲的文化也可以在这里看到。还有，由于大量的美国观光客来此度假（约占每年 70 万游客的六成），又带来美式文化的影响。因此，也有人担忧扩张过度的观光客数量造成对岛上原生文化的冲击，因此开始有对限制旅客人数措施的讨论。

　　有一种猫头鹰是以阿鲁巴命名的，也是观鸟爱好者上岛后睁大眼睛要找的。或许因为越来越多人来此旅游，在这里看到野生动

树上的阿鲁巴穴鸮
（网图）

地上的阿鲁巴穴鸮（网图）

物的可能性不大了。这回我们就并没有福气看到它们。

这种猫头鹰的学名是阿鲁巴穴鸮，是穴小鸮亚种之一。它是一种在地面洞穴生活的小型猫头鹰，有圆圆的头和耳朵，身体纤瘦，腿颇长。这种小型猫头鹰喜欢开放的栖息地，比如热带稀树草原、沙漠地区、草场、园林。这些地点非常接近人类居住的各种设施，包括机场和高尔夫球场。从海平面到海拔4500米的高度，都有阿鲁巴穴鸮的踪影。

"绿家园"创办初期举办的观鸟活动吸引很多热爱大自然的朋友加入，在洞庭湖全国观鸟大赛上拿过第一名。绿家园最初参加香港国际观鸟大赛是给人家垫底的，没几年的工夫就名列前茅了。那时周末观鸟的行列中，间或也

有我举着望远镜在看鸟。我从高武和赵兴如老师那学到，鸮形目中的鸟全都叫做猫头鹰；还知道观鸟的环保意义是：环境好的地方才有更多的鸟。爱鸟就要关爱环境。

穴鸮，又叫穴小鸮（Burrowing Owl），"食谱"中包括所有的小型生物，但蝼蛄无疑是最主要的食物来源，因此这种鸟用粪便勾引蝼蛄。猫头鹰可是非常聪明的。美国《自然》杂志上发表的一项研究结果显示，某些猫头鹰能够使用一种看似不可能的诱饵帮助自己。

阿鲁巴穴鸮繁殖期在3～4月，通常是一夫一妻制，偶尔有两雄一雌。其巢穴一般用别的哺乳动物废弃的地下洞穴，也会自己挖掘洞穴，甚至还利用放在地下的人造巢箱，在不同类型的巢穴放置不同的干巢材。每巢产6至9

枚卵（有时多达12枚），由雌鸟孵化28～30天。在孵化期，由雄鸟负责给雌鸟带来食物并随时在白天担任洞穴附近的警卫。孵化14天后，可以看到小鸟在栖息的洞穴入口处，伸出小脑袋等待父母带回来的食物。它们离开巢穴生活大约要44天的时间，能够捕食昆虫则要49～56天。

阿鲁巴穴鸮分布于阿鲁巴岛。该物种分布范围广，不接近物种生存的脆弱濒危临界值标准。该标准指分布区域或波动范围小于20000

阿鲁巴"迎客松"

阿鲁巴穴鸮的家园

平方公里，栖息地质量、种群规模、分布区域碎片化。阿鲁巴穴鸮因其种群数量趋势稳定，因此被评价为无生存危机的物种。

在加勒比海岛之旅中，我先后到访库拉索和阿鲁巴这两个岛屿。航行在中美洲的加勒比海，除了感受大海的无边无际，更对这些岛上的生态、风情、人文有很多前所未闻的认知。此外还引发很多思考和假设：如果几百年前这里没有被殖民主义者登陆，还保持原汁原味的生态、环境和原住民，那又会是一种什么情形呢？当然，历史没有假设。

太阳开始沉入加勒比海

图书在版编目（CIP）数据

绿镜头——北美洲 / 汪永晨著 . -- 上海 ：文汇出版
社，2024.3

ISBN 978-7-5496-4168-0

Ⅰ．①绿… Ⅱ．①汪… Ⅲ．①游记－作品集－中国－
当代 Ⅳ．① I267.4

中国国家版本馆 CIP 数据核字 (2023) 第 239641 号

绿镜头——北美洲

著　　者 / 汪永晨
责任编辑 / 徐曙蕾
特约编辑 / 胡　泊
装帧设计 / 高静芳

出版发行 / **文汇**出版社
　　　　　　上海市威海路 755 号
　　　　　　（邮政编码 200041）
经　　销 / 全国新华书店
印刷装订 / 北京雅图新世纪印刷科技有限公司
版　　次 / 2024 年 3 月第 1 版
印　　次 / 2024 年 3 月第 1 次印刷
开　　本 / 850×1168 1/20
字　　数 / 230 千
印　　张 / 12

ISBN 978-7-5496-4168-0
定　　价 / 88.00 元